笑いは命の格安サプリメント

はげマロ・一座の腹話術

工藤 章

かまくら春秋社

「はげマロ・一座」団員紹介

ひげジイ

はげマロの５歳上の兄。公演では「かわいい」と言われて気分を良くしている。はげマロと益々そっくりと言われて萎えている。真っ正直な性格で、ことあるごとに揉めるが、先が長くないので気にしていない。一座で一番の出番、座長にパワハラだと訴えるが聞き入れられない。

小百合

「ひげジイ」の妻。夫がうるさいので最近入団。だが、気が進まない様子。可愛い義弟の「はげマロ」のために役立ってみようと思っている。今は、スポーツ・ジムとエステに通って美貌を保とうと必死な毎日。

かず君

６歳。はげマロの孫。お父さんとお母さんが忙しく、いつもお爺さんのはげマロが面倒をみている。施設や教室訪問はいろんなことを学べて嬉しい様子。

カルロス

ブラジル日系３世。５年前から群馬大泉で働いている。父親が座長のアミーゴ。その縁で友情出演？　早くお嫁さんが欲しいの。女子大に出演できるように頼んでいるが未だに実現しない。残念!!

ケロちゃん

はげマロの近くに住んでいるアマガエル。施設や教室で多くの人々と握手を交わして可愛がってもらい感謝。ケロ、ケロ。

「はげマロ・一座」活動風景

新春お楽しみ町内演芸会

節分町内演芸会

障がい者支援施設で

建長寺
親と子の土曜朗読会800回記念

デイサービス・クリスマスパーティ

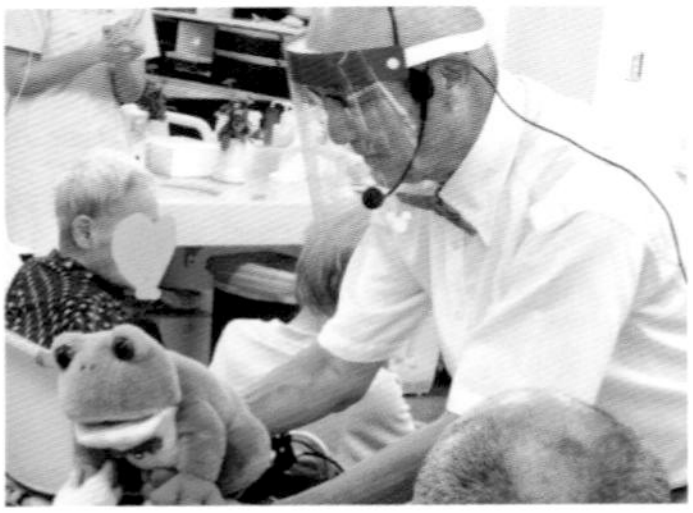

デイサービス・レクリエーション

笑いは命の格安サプリメント
はげマロ・一座の腹話術

読んでいただく前に

ユーチューブ向けに創作した腹話術の原稿一〇〇本の内、五〇本を掲載。テーマは、「酒飲み」「読書」「膝が痛い」といった身近なネタから、「給付金」「トランプ大統領」「首相の発言」等の政治・時事ネタ、「同調圧力」「医者もいろいろ」「熟年離婚」等の社会・世相ネタまで。未収録の巻はユーチューブをご覧ください。

各項に公開日のニュースの見出し。いいね「👍」と共に寄せられたコメントの一部を記載。

もくじ

前口上

私、腹話術「はげマロ・一座」の座長の「はげマロ」です。この一座は、新型コロナウイルスの出現で、舞台に立って腹話術の演技ができなくなり、やむなく動画を作ることで活動を続けました。本書は、二〇二〇年四月三日に腹話術のユーチューブ配信を始めて、二〇二四年一月一日に一〇〇回の配信を終えた記録です。世界中の人々が新型コロナウイルスに振り回され、ロシアとウクライナの戦争に脅え、環境破壊による地球温暖化がもたらす災害と闘う、そんな時代に腹話術を続けた悪戦苦闘を振り返ります。

私と腹話術

腹話術との出会い

二〇一〇年七月十七日に、母校である都立小山台高校ＯＢ・ＯＧ会「講師派遣センターの集い」（退職後に教壇に立つボランティア・グループの例会）に初めて参加し、故山本一男氏（七年先輩）とめぐり逢いました。この集まりの最後に、山本先輩が「大口よしこ」さんとの腹話術の演技を披露され、まじめな初老紳士（山本先輩）と銀座の妖艶マダムとの色気のある会話と、「銀座の恋の物語」のなまめかしいデュエットの演技に衝撃を受けました。

人形が生き生きとして動き、演者と話す、まるで生身の漫才のような舞台に啞然としたのです。早速、熱に浮かされたまま弟子にして欲しいと訴えたところ、山本先輩が副会長を務める東京チャターズ腹話術教室を紹介されました。この教室の例会に翌月八月一日（日）に参加し、池田武志先生、しゅう先生と東京チャターズの仲間に出会い、その場で会員登録をいたしました。

隔週開かれる教室にまじめに欠席することなく通い続けましたが、生来の不器用さが祟り、上達が遅く何度も脱落しそうになりました。

「人前で演じて恥をかけ」との池田先生の指導もあり、早くも入門の翌月の九月十一日（土）に東久留米市にある知的障がい者入所更生施設で、相棒のアマガエル「ケロちゃん」と一緒に舞台に立ちました。セリフは間違える、相棒の話す時に口を開いてしまうなど、散々な出来で今思い出すのも苦痛です。

十一月十三日（土）に再度訪問し演技を終えた時に、介護士の方々から「何故、最近、入居者の皆が、ケロ、ケロと言って楽しくふざけあっているのか分りました」と伝えられ、感激しました。知的障がいのある方々の心の底に私の拙い演技が響いたということに驚くと共に、やりがいを強く感じました。この思いが今も腹話術を続けている支えとなっています。

暫く、アマガエルの「ケロちゃん」とガマガエルの「ゲロ哲」の動物の相棒達と、福祉施設、チャリティ・イベント、夏祭りなどに参加していましたが、山本先輩から「そろそろ人間の相棒を加えたら良かろう」と指導され、小学生の「かず君」と兄貴の「ひげジイ」を加えました。その結果、台本作りに幅が広がり、バラエティーに富んだ演技ができるようになりました。その多くは高齢者との触れ合いの機会にありますが、小学生から高校生の発達障がいを持つ子ども達が通う放課後教室では、セラピー効果による豊かな世界作りができるなど、腹話術には限りのない広がりがあると認識しました。

「はげマロ・一座」の旗揚げ

二〇一五年に単独で演技の舞台に立つことを決意しました。所沢市社会福祉協議会（社協）の演芸ボランティアガイドに、二〇一五年十一月、「楽しいはげマロ腹話術」として登録しました。暫くは全く反応がないので、腹話術はポピュラーではないから出番はないかと諦めていましたが、二〇一六年六月七日に所沢市柳瀬地域包括支援センターからメールが入りました。

「突然のメールで失礼致します。演芸ボランティアガイドを拝見させて頂きメールさせて頂きました」との前書きから始まって、介護予防教室で出演して欲しいとの依頼が入ったのです。これを皮切りに、老人ホーム、デイサービス施設、障がい者施設などから依頼が舞い込んでくるようになり、二〇一九年には六〇回の出演をこなすまでになりました。

忘れられない思い出があります。三〇人くらいが集まったデイサービス会場で、「相棒の声が聞こえない」と叫ぶお客様が居りました。その声を聞くなり介護士さんがマイクを持ってきて、相棒の口元にそのマイクを当てました。小生は、絶句した後、「マイクは私に当ててください」と小声でお願いしました。暫くして、介護士さんははっと気が付いたようで、マイクを私に差し向けてくれました。相棒が話していると勘違いされたその介護士さんを、今でも忘れることができません。

ユーチューブに動画を投稿

予期せぬことが起きました。それは新型コロナウイルスの上陸です。二〇二〇年二月三日に横浜に到着した大型クルーズ船、ダイヤモンド・プリンセス号の乗客らの集団感染のニュースを他人事として見ていました。それが三年以上に及ぶ新型コロナウイルスによる筋書きのない時代の始まりであるとは思いだにしませんでした。その影響は私にもすぐさま現れ、二〇二〇年二月以降の予定は全てキャンセルされました。その後、七月三日、市内のデイサービス施設で再開しましたが、老人ホーム、町内会、障がい者施設などからほとんど公演依頼が入って来なくなってしまいました。親族ですら面会ができない施設がほとんどである状態では、演芸レクリエーションどころではなかったのです。

この環境変化によって演技の機会を失うのはやむを得ないとして、未だ発展途上にある技量の低下をどのように食い止めるかという問題に直面しました。そこで思いついたのが動画配信でした。録画もユーチューブ投稿も全く知識はなかったので戸惑うことばかりでした。試行錯誤の末に、二〇二〇年四月三日に第一回の配信に漕ぎつけました。不定期ながらユーチューブ、フェイスブックと旧ツイッターに作品を載せていきました。視聴者が徐々に増えて三〇〇回以上視聴されることもありました。更に嬉しいことに「口が開いている」「話が面白くない」などの厳しい指摘に加え、応援のメッセージを多く頂く幸運に恵まれました。

台本作りには大変苦労しましたが、早坂隆氏、土屋賢二氏など諸先輩の著作と、毎日の新聞記事・投稿を参考にしながら創作を続けました。台本は著作権に留意しましたが、不用意な項がありましたらご指摘下さい。なお、ユーチューブにはかなりのアドリブが入り、台本とは大きく違うものがありますことはお許しください。

第一部　読んで怒ってそして笑う

第1話　ひげジイが病院に行ってびっくり仰天

動画配信開始日：二〇二〇年四月三日
朝日新聞デジタル：軽症者、自宅療養の動き、
新型コロナ

（はげマロ）兄貴、どうしていた？

（ひげジイ）都知事が静かにしていろと言うから

じっとしていた？

するわけ無いだろう。おれ、コロナは怖くない

まーな、コロナは性格悪い人は感染しないらしい

そーだよ、皆さんは大丈夫ですよ

なんだ、それ。皆さんは性格が悪いということ？

見れば分かるじゃないか

皆さん、口の悪い兄です。申し訳ないです。お詫びします

ところでよ、三月二十五日、主治医の所に薬を貰いに行った

薬？　どこか悪かったか？
三十五年前から痛風の薬を飲んでんのよ
そうだった
尿酸値が高くて
ビールを飲んで、イクラ、ウナギとか栄養価の高いものばかり食ったりするから
ビールは最高！　そんなことより、主治医が暇そうなので話し込んだ
藪医者か主治医は？
おれ、医者にコロナウイルス検査はやってくれるのかと聞いた
やってくれるだろう
すごく大きな声で、待合の人にも聞こえるように
大きな声で、なんだって
冗談じゃない、コロナの人はここから即刻出て行って貰う！
何？
このクリニックがクラスターになったら堪らない
そんなこと言うの、加藤大臣に聞かせたい
健康な人は重くならないのだろうと医者に聞いたら

そう言われているね
コロナを馬鹿にするな！　と医者が答えた
やはり怖いのか？
コロナも退治されないように段々強くなっていくんだって
兄貴は八十歳、気を付けた方がよいね
本気でそう思ってくれているか
そりゃー、兄貴だから
嬉しいね。それから急に医者が暗い顔になって
どうした？
今年の一月からお客が激減
患者が来ない
今年はインフルエンザに罹る人が少ない
皆、ワクチン注射をしているから
例年はものすごく稼げる、インフルエンザで
医者は困るね
二月になったら、病院に行くとコロナがウヨウヨだから

院内感染
もう、ここに来る人が激減してしまった
いろんな仕事が影響受けて、経済が落ち込むらしいが
そう、四月になったら医者も大変
倒産
そうなったらあなた、雇って頂戴と頼むのよ。医者が頼むの
なに、そんなことを頼まれたの？
毎日来るから気を落とすな、と慰めてやった
珍しいね、患者が医者をなだめるのは
医者が俺の手を握って
変な光景だ
コロナのお陰で変な時代になった
皆さん、辛抱しましょう
コロナと掛けて
なんだ、謎掛けか
大相撲と解きます

その心は
どちらもセキでカンセンします（作・林家はな子氏）
成る程、座布団二枚
皆さん、コロナは笑いが大嫌い
そうです、皆さん、マスクして大笑いして
志村けんさんのビデオを見てコロナをぶっ飛ばそー
志村さんのご冥福を祈ります

（フェイスブック視聴者の「いいね」）

お見事です！　女房がプロ並みだと言うので、プロの腹話術を見た事があるのか質したところ「ない」と。

第2話　かず君もコロナ騒ぎで「子ども大変です」と言っています

第四回動画配信：二〇二〇年四月十八日
NHK・NEWSWEB：東京都 新たに一八一人
感染確認、五人死亡、新型コロナウイルス

（はげマロ）かず君、最近、どうしているの?
（かず君）お爺さん、分かりきったことを聞くね?
エー
決まっているでしょ、コロナ騒ぎで動きが取れません
そーだね
だから家にいます
大変なことになっています
大人だけでなく子どもも大変です
学校に行けない

ズーッとお母さんと一緒だから、すごく疲れる
もともとうるさいものね、お母さんは
あれするな、これするな、ガミガミ
かず君のことを思っているからだよ
家の中でも二メートル離れなさい、父さんとは四メートル
お父さんとは、そんなに離れるの?
勤めに行って、いろいろな方と会っているから
そーだ、お役所勤めだから
いろいろな苦情がきて大変だって
どんな?
電話で、家のコロナがコロナに罹ったみたい、どこに相談すればよいか
なんだ、それは
コロナって何ですかと聞いたら、飼っている犬の名前がコロナだって
ややっこしいな
でも、お爺さんはしぶといね
なんだよ、しぶといとは?

お母さんがお父さんに聞いていた
なんだって
お爺さんは七十歳を超えているが、コロナに罹るかも
そうだよ、高齢者は危険
お父さんが、あの方はしぶといから、最後まで生き残る
そんなことを言っていたの
お母さん、なんだかガッカリしていた
本当？
あ、まずいこと言ってしまったかな
そーか、もっと教えて。お父さん、お母さんが何言っているか
イヤだ
二人だけの秘密
僕は、お爺さんには弱い
そうだよ、かず君はお爺さんの大事な親友
忖度しましょう
なんだ、それ？

お爺さんには逆らうことできません
ありがとう
お父さんが言うには、お爺さん、足は短いけど
間違いないな
鼻の下は長い
なんだ、それ
耳は遠いけど
間違いないな
トイレは近い
確かに、そうだ
鼻は低いけど
そうかな？
血圧は高い
確かに
頭の毛はないけど
正しいな

心臓に毛がいっぱい生えている
全く、どこかで聞いた話だけど、碌なことを言っていない
だから言いたくなかったのに
かず君、教えてくれてありがとう
お爺さんを好きだから
あのね、これからも、宜しくね
長生きしてね
ありがとう、コロナに気を付ける
皆さんも手洗いをよくして下さい

孫のかず君可愛いですね。話題はコロナですね。小生の上の孫は今年から中学生。いまだに休校でかわいそうです。早く収まってほしいですね。

第3話　ひげジイは「給付金」を高く評価

第五回動画配信：二〇二〇年四月二十四日
朝日新聞デジタル：軽症者療養、宿泊施設で、自宅より優先に転換

（はげマロ）兄貴、コロナウイルスのお陰で、一〇万円が配られる

（ひげジイ）そうだ

職を失って明日をどうすればよいか分からない人達が沢山いるのに、政府はどうなってんだ！

安倍さんはよくやっているよ

そーかな、一〇万円貰っても突き返そうと思っている

安倍さんの好意を仇で返すのか、失礼だ

困ってる人に早く渡すべきだ

だから、そのような意見を聞き入れて

公明党の言うことで方針を転換か？

君子豹変、大事なこと
それに布マスク二枚を全世帯に、バカなことをやっている
バカヤロー、安倍さんの心温まる配慮
それより、保健所、病院のマスクをちゃんとしろ
それはそれで、安倍さんはちゃんとやっている
そうかな、記者会見だって、原稿の棒読み
間違えないから、大いに結構
余り読み間違いはないが、麻生さんみたいに
ものみゆうざん、何かと思えば、物見遊山《ものみゆさん》
そんな方が副総理
安倍さんは友達思いの優しい方
物見遊山と言えば
なんだ?
東京都が外出自粛を政府に求めている頃、大分に安倍夫人は行っていた
お寺参りだ。心が清まる、イイねー
何考えている、あの夫婦は

安倍さんは優しいよ
何が優しい
家に籠もっていると息が詰まりそうなので、お寺参りを
外出が控えられて、お店を閉じて仕事が無くなって困っている人達がいる中で
三密に気を付けて外に出る
当たり前だ
奥さんに優しく許可を出すところ、心温まる
こんな首相の下で国民はやってられない
おい、おい、そんな言いかたないだろ
何回、任命責任は私でしたと大臣を沢山替えて、何回、謝ったか覚えているか
大臣になりたい人を皆、大臣にしちゃう、安倍さんは優しい
兄貴みたいな、能天気がいるから
なんだよ、バカにするのか
安倍さんからいくらか貰ってんのか？
何も貰ってはないが、桜を見る会に招かれたけど
なんだそれ？　もうよい、帰る

何か機嫌が悪いな
うるせー
銀座に行けないので、相当たまってんな
ほっといて

👍
凄い。面白いです。工藤さんがぼやいて、とぼけたお兄さんが安倍さんの肩を持つという設定は分かりやすくて、バランスが取れていていいですね。

第4話　ひげジイが「コロナウイルスの三か月」を歌う

第六回動画配信：二〇二〇年五月一日
NHK・NEWSWEB：厚労省まとめ、八人死亡、五〇二六人感染

（はげマロ）兄貴と替え歌を歌います
（ひげジイ）題名は「高校三年生」の替え歌で「コロナウイルスの三か月」
今日は二人で歌います
なに、俺のソロではない？
たまには一緒に歌いましょう
ハモルの？
ハモルことはできないので、交互に歌う
分かった
外に出るなと　緊急宣言
好きなパチンコ　やめられぬ

ああ　後期高齢者
小池　都知事の悩み　分かるけど
コロナウイルス　近寄るな
（イヤー、高校時代、良かったな オリンピックもあった　良かった）
外に出るなと　緊急宣言
同期の桜と　居酒屋で
ああ　後期高齢者
酒の　杯を重ねて　酔いつぶれ
コロナウイルス　追い払う
今、アカペラだったけど、カラオケに行こう
いやだよ、カラオケでは、私が一曲歌うと、兄貴が一〇曲
よく聞いて学習しろ、行くぞ！

高校三年生の替え歌、楽しく見させてもらいました。
歌のやり取りもうまいですね。歌詞を聞いて笑ってしまいました。

第5話　カルロスがブラジルでコロナ感染急増を嘆く

第七回動画配信：二〇二〇年五月八日
NHK・NEWSWEB：厚労省まとめ、一五人
死亡、九三一〇人感染

（はげマロ）ブラジルからやって来ているアミーゴと一緒です
（カルロス）カルロスです。私は日系三世です。出稼ぎで群馬にいます
今はどうしているの
参りました、テレワークです。私は嫌いです
大変ですね
ブラジル人は、「三密」大好きです
密閉、密集、密接
もー、堪りません（悶える）、壇蜜も！
オイ、オイ、少し辛抱して。ブラジルの大統領ボルソナーロ
名前聞くだけで蕁麻疹が出る（グニャグニャ）

「ブラジルのトランプ」と言われているようだね
トランプよりはましと思います（怒る）
なんだよ、さっき蕁麻疹が出ると言ったから、猛烈に嫌いかと思った
アメリカ人より、ブラジル人が好きです（真面目に）
分かるが
それに、トランプはＷＨＯも抜けると言っている
だけど、そのブラジルの大統領がとんでもないことを言っている
そうです、コロナはちょっとした風邪と言っている
世界中で大騒ぎしているのに
全く弱ってしまう、挙げ句に、「私達はみな、何れは死ぬ」
そんなことを言っているの
コロナに負けずに一生懸命働いて、ブラジルを豊かにしよう！
死んだら、そんなことを言ってられない、ブラジルは大丈夫か？
大統領はダメだけど、ブラジル国民はえらいから大丈夫（胸を張る）
そうかい
オリンピックをちゃんとやった

あれは立派だった
だけど、お金が掛かったので
派手にやったものね
リオデジャネイロの財政が破綻
やっぱり
警官に給料払えなくて
そりゃー、大変だ
失業した警官、泥棒になってしまった
元々、治安が悪かったのに、そりゃー大変
ソー
それに、ブラジルは汚職が激しいのも有名だ
ブラジルでは、右派は、右手で盗む、左派は、左手で盗む
皆が盗むんだ
そう、中道は、両手で盗む
そりゃー、ダメだ！　汚職天国でもある
その話は、切りないから止めましょう

大丈夫か。そんなブラジルじゃなくて、日本に住む気は無いの？
日本も良いが、やはりブラジルが良い
いい加減な国なのに
その通り
それでも、ブラジルが良いかい？
ブラジルは日本みたいに堅苦しくなくて、優しい人達ばかり
そうなの？
例えば、安倍さんの奥さんが小泉進次郎と浮気したら
週刊誌が大騒ぎ
ブラジルじゃ、そんな浮気の話は記事にもならない
本当か？
安倍さんは、奥さんと離婚するか？
当然だ、安倍さんの場合は、昭恵さんに丁重に早く出て行って下さいと、ご依頼申し上げる
随分と丁寧だね、だけど、ブラジルでは違う
離婚しないの？
ブラジルでは、安倍首相は小泉進次郎の奥さんのクリステルとできちゃう

なんだ、それ。単にスケベという事じゃないか

だから、ブラジルに帰ります

勝手にしな

また会いましょう、ブラジル人はみな幸せです、チャオ!

皆様、コロナに注意してお過ごし下さい。それにしても、ブラジルではコロナ感染急増

心配、心配、ディオス

ブラジルは確かに良い所ですよね。ブラジル人は優しいですし。ただ、確かに優しいが故に悪事も暴言も許してしまうのが弱さかもしれませんね。

第6話　ケロちゃんがマスクを外してクイズを出題

第八回動画配信：二〇二〇年五月十五日
朝日新聞デジタル：緊急事態範囲を縮小、三九県解除

（はげマロ）今日は、はげマロ・一座の人気者、特にデイサービスのお婆さん方のアイドルのアマガエルのケロちゃんと一緒です

（ケロちゃん）ケロケロケロ

はっきり言って

ケロケロ

何ですか？

ケロケロ

うまく話せない？

ケロケロケロ

マスクが邪魔、外すよ

ハー、苦しかった
コロナが流行っているから、外に出る時はマスクをして下さい
うん、カエルの世界も大変
いろんなウイルスがいるから気を付けましょう
ケロ、ケロ
先ず、皆さんに挨拶して下さい
誰もいないよ
今日は、カメラの前でお話しします。コロナのお陰でデイサービスは皆お休みなの
そうなんだ、皆さん、アマガエルのケロちゃんです
皆さん、ケロちゃんを宜しくお願い致します
おじさん、ケロリン、知っている?
何でそんな質問するの
このまえ、女の子にソー呼ばれたよ
薬屋さんにいるキャラクターだよ、それは
なに?
七十年前に登場したキャラクターで、興和製薬のジンマシンの薬、宣伝で登場したの

どうして、ケロリンなの？

その薬を飲むと、「ケロリ」と治るカエルさん。可愛いので薬も売れた

ケロリンは人気者なんだ、ケロ、ケロ

ケロちゃんも人気者だよ、多くのお婆さんに握手して貰ったりキスされたり

皆、可愛い可愛いって言うけど、寂しいね。今は会えないから

おじさんも外に行けないので、暇で暇で、カエルのクイズを見付けた

教えて

アフリカにはアベコベガエルという変わった名前のカエルがいます

変な名前だね

何でそんな名前が付いたのか？

うー、腹を上にして泳ぐからかな、ケロ？

ブー、大人になるにしたがって小さくなる

オタマジャクシより小さくなる

変わっているね。次の問題

今度は当てる

死んだあとに息を吹き返すカエルがいます。どんなカエル？

しぶといカエルだね
それは、読書好きのカエル
なんで
ヨミガエル（蘇る）
ソーか
最後
頑張るぞ
さっきまで泣いていたカエルが、もう元気に鳴いているよ。どんな顔をしてるかな？
笑い顔
ケロっとした顔
なーんだ、ダジャレだね。ジャー、僕が出すよ
カエルのクイズ？
田舎のカエルと都会のカエルが、クイズ大会に出ました
そんな大会があるんだ
どっちのカエルが勝ったでしょう？
都会のカエルが勝った

なんで
田舎のカエルはいなくなった
単純だね、おじさんは
正解は
田舎のカエルが勝った
なんで
都会のカエルは間違える
町・カエル。成る程
おじさん、これから暑くなるね？
そうだね、モー真夏日が始まった
カエルにとっては嬉しいよ
だけど、ゆでガエルにならないように気を付けて
そうだね、おじさんも頭の毛がないから
ないです
ゆで上がっちゃう
ありがとう、ハゲましてくれて

疲れたです、カエル
また、皆さん、宜しくお願いします

マスクをしていれば、私も腹話術できるかなあと！　これはインチキですけど。毎回心温まる会話から、このコロナ禍の味気ない毎日のエネルギーを頂いております。

第7話　カルロスがブラジルの美人を熱弁する

第一三回動画配信：二〇二〇年七月十九日
朝日新聞デジタル：コロナ、命落とすスーパー店員、マスクも渡されず、乏しい対策

（はげマロ）カルロス、ブラジルは美人が多いね
（カルロス）混血の国だから
美人コンテストも盛ん
全国大会に出るまでたくさんの予選があります
ビックリしたことがある
ブラジルでは、ビックリすることは多いです
二次予選で、今回は目を大きくしました
大きな瞳に見つめられるとたまりません
次の予選では、胸を大きくしました
大きいオッパイは魅力的です

最後の決勝では、おしりを大きくしました
もー、たまりませんです
整形したところを全て報告するのには、びっくりする
ブラジル人は、正直です
そう言えば、ボルソナロ大統領の前の前の女性大統領ジルマさんも、選挙運動中に美容整形
したのにはびっくり
見違えるように綺麗になった
そー、顔が変わったこともビックリしたが、もっとビックリしたことは
ブラジルはビックリ天国です
その時のブラジル国民の反応にもビックリした
どうして
日本で、例えば小池都知事が首相になろうと、そんなことしたら
どうなりますか
学歴も顔もごまかすのかと、叩かれ大騒ぎ
日本はややこしいです。政治家についてこんなブラジルのジョークがあります
ブラジル人は笑い話でごまかす

静かに聞いていただきたいです
ハイハイ
技術の進歩で有名な方の脳みそを金さえ出せば移植できるようになって
そりゃー凄い
ずっと先の話だけど、脳みそを売る店ができて
有名な方の脳みそと入れ替えられる
その店で、ドイツのメルケル首相の脳みそは一千万円です
少し高いな
政治家としては立派なお方
そうだなー
隣に展示されているブラジルのボルソナロ大統領の値段は分かりますか
分からないけど、メルケルの半分位の五百万円くらい？
違います、ボルソナロのは一億円です
なに、そんなに高いの、どうして
だって、全く使われていない新品の脳みそですから
なんだ、そりゃ

では、安倍首相のはいくらでしょう

メルケル首相の一〇分の一、一〇〇万円くらいかな

違います

違うとは、どういうこと

トランプと一緒で、売りに出されていません

売れないということ？

粗悪品ですから

ありゃー

ブラジルで、はやっているジョークです

ブラジルも大変だけど、日本も大変ということか

そうです。アベノマスク、ブラジル人は理解できません

ボルソナロ大統領も、ひどいコロナに罹ったみたいだけど

身を挺しているところは偉いです

何を言ってんの

疲れたので、飲みに行きませんか

三密になるよ？

気合でコロナを寄せ付けない。私、日本人の血を引いています
大丈夫じゃ無いと思うが、どこに行く
もちろん、新宿です
いやだな
日本人はおもてなしです。皆さん、お元気でお過ごしください
しょうがないな、皆さん、さようなら
今度は、歌舞伎町の結果報告を致します
感染しなければ、またお目にかかりましょう

整形大国は韓国のイメージでしたが、ブラジルもですか。ミスコンテストも予選と決勝では別人に？　脳みそ話……冗談とは思えない冗談ですね。

第8話　ひげジイが「敬老の日」に不愉快になる

第一六回動画配信：二〇二〇年九月二十一日
朝日新聞デジタル：六十五歳以上、最多三六一七万人　女性の四人に一人が七十歳以上

（はげマロ）今日は敬老の日
（ひげジイ）それがどうした？
イベントが全て中止になった
コロナの時代、仕方が無い
お年寄りも楽しみにしていたはず
あのな、敬老の日、問題だ
なにが？　法律で「多年にわたり社会につくしてきた老人を敬愛し、長寿を祝う」と決まっている
人生一〇〇年時代にそぐわない

そうかな
あのな、歳取ると、皆、敬愛されるのか？
おかしくないだろ？
六十五歳以上の老人が、三分の一もいる時代
多くなりました
敬老の日、じゃなくて
呼び方を変える
再出発誓いの日とか
勇ましいね
若者を励ます会、年金を払って貰うために
成る程
老人も若者も楽しく暮らせる社会が必要だ
その通り。兄貴、たまには良いことを言うね
社会を変えるためにもっと日本人は怒るべきだ
優しいから皆と仲良くしていたい
尖閣諸島を中国のものだと言われても怒らない

それは、習近平さんが怖いから
竹島には韓国が施設を作っても怒らない
韓国の方々は激情型で怒らすと怖い
北方四島も返ってこないけど怒らない
安倍さんはプーチンさんとは仲良しだから何とかなる
キム・ジョンウンが、皆さん、おれは日本を怒らせる事ができると言った
何、そんなことを言ったの
原爆を落とせば日本は怒る
そりゃー怒るよ
トランプが言ったよ、それはもう既にやったが日本は怒らなかった
酷いジョークだな
話していたら段々不愉快になってきた
兄貴、血圧が上がるよ、もっと冷静に
うるさい、三密も解除された、飲みに行こう
油断できないよ
ともかく、頭に来始めた、飲みに行くぞ

付き合ってられない！
うるさい、銀座に行くぞ、早く
分かりました。皆さんさようなら
あばよ

👍
そうだ、そうだ！　……日本人はもっと怒るべきです！

第9話　ひげジイが長期的な視野に立てと怒る

第一八回動画配信：二〇二〇年十一月十五日
NHK・NEWSWEB：東京都 新型コロナ
二五五人感染確認、七日間平均で三〇〇人
超える

（はげマロ）兄貴、どうしている最近は？
（ひげジイ）お答えできません
どうした？
人事に関わることなので
なに、それ？
菅さんのまねしているの
会話にならないよ、それでは
国会も会話になってない
確かに、質問にまともに答えていない、最近はそうだろ、日本はどうなるんじゃ？
コロナ感染が止まらないし
三密守れと言うし
それは大事なこと
ＧｏＴｏキャンペーンで表に出ろと言うし
観光も大事
暇なお年寄りが、こぞって
することないし、お金も持っている
皆で北海道に行って
秋の北海道はきれい
ついでにススキノに行って
盛り上がる
感染が増えるに決まってる
政府も悩んでいる
老人は旅行に出て
ＧｏＴｏキャンペーンを使って

家に帰らず
なんで？
病院に行って、帰らぬ人になる
確かに高齢者は感染すると大変だ
お陀仏、年金支払い減り、お国に貢献
それはないでしょう
最近は、マスクの大売り出しをやっている
全然、手に入らなかった時もあったし、あっても凄い値段だった
第三波が来るので早めに買えだと
今、売らないで、品薄になったら高く売ればいいのに
あのな、国も、国民も、目先のことしか考えない
確かに
コロナが収まった後のことや
二十年先や三十年先を考えるのは難しい
三十年先に温室効果ガス八割減らす
立派な目標

言うのは簡単
実現するのは大変ではある
みんな、いい加減で嫌になった
マー、そんなに悲観的にならずに
まともに付き合ってられないから、酒でも飲みに行こう
また、銀座ですか？
神楽坂
あの、九十歳の婆さんの女将がいる料理屋
六十年の付き合い
勘弁してよ
早く行かないと、コロナで死んでしまう
分かったよ、行くよ
皆さん、コロナにもインフルエンザにもならずに長生きして

まともに返事、返答していたら、政治家は務まらないのでしょうけどね。

第10話　ひげジイが「必要火急」と訴えています

第二二回動画配信：二〇二一年一月十七日
朝日新聞デジタル：阪神淡路大震災、きょう二十六年

（はげマロ）兄貴、元気ですか？
（ひげジイ）ま一な
愛想無いね、二月七日以降はコロナも収まるようなのに
仮定の話にお答えできません
どこかで聞いた言葉だね
あの方が、一一〇回以上使ったから、耳にタコができた
政治は、今後の社会のあり方を考える、これは全て仮定の上で議論される
そうだよ、その仮定のことに答えられない。ダメだね、あの方は
変だね、困ったね
昨年の夏には、先の仮定なのに、「五輪は頑張ってやります」と断言

ぶれているね、それにしてもコロナには参る
謎掛け、作った
なんだ、盗作か？
うるさい、よく聞け
はい
コロナウイルスと掛けて
コロナウイルスと掛けて
はげマロと解く
何？　私？　コロナウイルスと掛けて、はげマロと解く、その心は
得体が知れない
なんだ、それ？　そんなのウケないよ
コロナウイルス、もう一つ
また、私？
違う、コロナウイルスと掛けて、日本の政権と解く
コロナウイルスと掛けて、日本の政権と解く、その心は
早く交代

なるほど
皆が、不要不急の外出を控えろと言っている
『広辞苑』によれば「どうしても必要というわけでもなく、急いでする必要もないこと」
不要、俺自身が、どうしても生きている必要があるとは言えないし
それは言える
不急、急いでする必要があることも無いし
その通り
毎日毎日が「不要不急」、言われなくても
不要、不急でなくて、必要、火急でもあっても
それでも、ステイホーム
なんだか、変だぜ？
それに、最近は、家でもマスク、二メートル離れて生活しろ
家でも、三密避けろ
俺のところ、前から家族とは濃厚密接は無い
ステイホームで外食が激減で困っている方々が多い
行きつけの神楽坂の居酒屋は頑張っている

兄貴の好きなあの女将さん
イイよー
どうした、その女将さん
お客同士が二メートルより近く寄ると
その距離をキープすべきだ
近寄ると、張り扇でお客をぶっ叩く
おっかない
飲食中以外の時間（トイレ移動、会計、注文時、食後の会話など）はマスク着用
成る程
マスクしないと、張り扇で叩かれる
凄いね
箸やスプーンなどは客が持参する
徹底しているね
お店ステイは一時間、それで二十時には叩き出される
凄い
値段は五割増しになったが、女将さん何とか頑張っている

興味あるから、これから行ってみたい

大賛成、行きましょう。お前が招待だ

必要火急、折半

ケチ

コロナと政治の話題が一番いいですよ。みんなイライラしてるんだから。

第11話　ひげジイが認知症になっているようだ

第二三回動画配信：二〇二一年一月二十八日
朝日新聞デジタル：感染一億人、世界の七八人に一人ワクチン接種、人口の〇・八％

（はげマロ）ここが、兄貴の行きつけの神楽坂の「知る人ぞ知っている」小料理屋ですか？
（ひげジイ）イイ佇まいだろ。おーい、女将、弟を連れてきた
女将さん、宜しく御願いします。やはり似ていますか？
ますます似てきて困っている
女将さん、兄貴が御世話になっています
御世話しているんだ
そーかな？　女将さん、兄貴で困っていることありませんか？
あるわけ無いだろ
女将さん、なんですって、物忘れが激しくて困っています
加齢だ

困るって、例えば、エー、勘定を頂いていないのに、払ったと強情を張る
分かんなくなるの、最近
オイオイ、それって認知症じゃないか。医者に行って診て貰ったら良い
イヤだよ、面倒
やっかいなのは、どうして認知症になるか未だ分かっていないこと
コロナは何なのかは分かっているけど、認知症は？
認知症のワクチンが開発できたという話題は無いな
これから認知症の人達ばかりになったら大変だ
そうだな
電車の中が、徘徊老人で満員になったら
駅員が大変
どこで下りるか分からない人ばかりで
大変だ。只、認知症にならない予防策はあるんだ
本当か、教えてくれ、モー遅いか？
適度な運動、睡眠、仲間との雑談
誰が言ってんだ

脳科学者の茂木先生

あの、髪の毛もじゃもじゃの嘘つきか?

酷いこと言うね。ネー、女将さん

本当のことを言っている

エー、女将さん。そー、毒舌過ぎますね、兄貴は

うるさいな。それで、運動、睡眠、雑談だけか?

それに加え、ドーパミンを増やす

そんなクスリあったっけ?

クスリで無くて、あることをすると出てくる神経物質

どうすると出てくる?

何か新しいことをしようとする学習意欲

そんなのイイよ

学習意欲とその目的が達成されると出てくる

高齢者には関係ない

そんなことは無い

歳取ったら、静かにしていること

ドーパミン出すのに歳は関係ない
きれい事言うな
丸木スマを知っている？
知っているよ、原爆の絵で有名な丸木画伯のお母さん
そー、そのお母さんは七十歳を過ぎてから絵を描き始めた
どうして？
年を取って何もすることが無くなったと嘆いてたら
俺と同じだ
娘さんに絵を描くことを勧められて
俺も始めるか？
少しでも思うように描こうという気持ちを持ったので、しっかり長生きされた
絵を描かないとダメか？
そーじゃ無い、何か新しいことに挑戦すればよい
そーか
何か、兄貴もやってみたいこと無いの？
ウーム

何かない？
おれ、腹話術やろ
何！　あれ、難しいよ
お前がやれるならできる
どうも、話が分からなくなった。あれ、二十時になった
緊急事態宣言
今日は、美味しい料理とお酒と為になる話、良かった
ありがとうさん、都知事に怒られるから帰ろー
女将さん、また来ます
忘れていることあるだろう
何？
何じゃない、お勘定
来る前に兄貴が払うと言っていたじゃないか
記憶にありません
明日、脳神経外科に行こう
分かった。女将、弟に勘定

なんだ、エー、「イイお兄さんもちましたね」、冗談じゃない
じゃー、女将、また来るよ。そーだ、忘れていた
何？
俺、川柳作った
どんな
「認知症　国民みんな　平和ボケ」
日本も困った
帰ろー

楽しく見させてもらいました。ありがとう。ドーパミンと言う言葉、覚えました。

第12話　カルロスが女性はお喋りと嘆く

第二四回動画配信：二〇二一年二月十一日
朝日新聞デジタル：四十年で廃炉、無理と言えず、前提のデブリ除去、年内の着手断念

（はげマロ）日系三世のカルロス君、ご機嫌いかが？
（カルロス）寒いです
ブラジルは真夏だけど、今年はカーニバルが延期して寂しいね
コロナのお陰で滅茶苦茶です。日本も騒がしいです
いろいろ騒がしいですが、森さんの「女性がたくさん入っている会議は時間がかかります」という発言はブラジル人から見てどう思う？
回答は難しいです
いいから率直に言ってよ
なぜなら、ブラジルでは、絶対に、絶対に、そんな発言はできないからです
やはり、女性蔑視でまずいからね

そういうことではないです、ブラジルの会議は女性がたくさん出席します

そーか、日本みたいにまばらではなくて、女性が元気にものすごく活躍している

おばさんみたいな方でも、大統領になってしまいました

罷免されたジルマさんだね。日本では未だ女性の首相はいない

女性のジョークがブラジルでも多くあります

教えてください

お医者さんが、ご主人はよく眠れば病気は治りますと診断しました

旦那が病気になったんだ

睡眠薬を調合しますから

なるほど

奥さんが、どのくらい飲ませればよいのですかと聞いたのです

やさしい奥様ですね

お医者さんが言ったよ。ご主人が飲むのではなく、ご主人がよく休めるように、あなたが飲むのです

なるほど、そうだよなー

あなたは、おしゃべりな女性と、そうで無いタイプの女性と、どちらがすき?

そりゃーモー
ブラジル人の答えは、「おしゃべりで無いタイプの女性」とはどんな女性かと質問します
成る程
まだあります
今度は？
情け深くて言葉が少ない女性
イイネー、そういう方がいれば
情け深くて言葉が少ない女性と、スーパーマンとの共通点は？
似ているところ、女性とスーパーマン、なんだ？
その共通点は、両方とも存在しない、それが共通点
その通りだな
でもね、日本は良いね
どうして
この前、新幹線の東京駅で見たの、かなりの歳のお爺さんが降りてきた
それで
そのお爺さんは背中伸ばして颯爽と歩き始めた

しっかりしているんだ
そしたら、少ししたらお婆さんが降りてきた
老夫婦が地方から東京に出て来たんだな
かなり腰が曲がっていて
女性は腰が曲がる
両手にバッグを持って、背中に荷物背負って、よたよたと
そりゃー、大変だ
お爺さんが後ろ振り返って、早く来いと叫ぶの
本当か？
お婆さんがそこで躓いて
おいおい、それは今時、ものすごく珍しいね
そうですか
今は昔と違って男性は女性に優しいよ、日本でも
ブラジルみたいになったんだ
こんな話があるよ
聞かせて

七十代夫婦の会話。奥さんが「私はこれまで忍の一字でやってきたのよ」

にん？

忍者の忍

しのぶ（忍）だね

そしたら、旦那が、「お前は忍の一字だが、俺は忍耐の二字だ」で頑張ってきた

マー、世界中、一緒ですか？

そのようですな

幸せな結婚生活を続けるためには、女は口を、男は耳を閉じる必要がある

森さんから横道にそれました

もっと話がしたいのに

おしゃべりなブラジル人に付き合うと疲れる。またにしよう

皆さんお元気で

お茶漬けの味わいがでてきました。その抑制感が好きです。

第13話　ひげジイが都知事を褒める

第二七回動画配信：二〇二一年三月十四日
朝日新聞デジタル：緊急事態、延長か解除か
行楽シーズン、感染拡大懸念も

（はげマロ）今日もイイ話しましょう。この前は首相だったけど、他の方について
（ひげジイ）誰だ？
よくテレビに出て来て、「外出自粛」を指示する方
都知事だな、「自粛疲れはまだ早い」
もー、疲れています。何言ってんだ
「いのちを守るステイ・ホーム週間」とします
勝手に決めて
「ロックダウン」「オーバーシュート」
横文字ばかり
教養があってイイ

「家にいてください」と呼びかけるのであれば、「STAY HOME, Please」
命令口調にしびれる
上から目線
都が皆さんに在宅を楽しんでもらえるような仕掛け作りをします
どんな仕掛けだ
アッと驚く玉手箱
何を考えているのやら
スーパーの利用は「三日に一回」
老人は重い買い物袋持って歩けない
筋肉トレーニング
長いこと生きるのは大変だ
志村けんさんが亡くなった時
モー、一年以上経つ
「コロナの危険性を皆さんに届けてくださった、最後の功績です」
志村さんが怒っていると思うよ
素晴らしいお悔やみの言葉だ

だいたい、〝政界渡り鳥〟
なんだ、それ
日本新党→新進党→自由党→保守党→自民党と渡り歩く
臨機応変、お見事
はしご酒か
二〇一七年は希望の党
そうだった
二〇一七年の一二の公約
二〇二〇年七月の都知事選でも変な公約
公約、憶えているか
忘れた
この、いい加減野郎
怒られること無いと思うが
「七つのゼロ」
そう言えば、そうだった
よく聞け、(一) 満員電車ゼロ、(二) 残業ゼロ、(三) 介護離職ゼロ、(四) 待機児童ゼロ、

（五）ペット殺処分ゼロ、（六）都道の電柱ゼロ、（七）多摩格差ゼロ

全然、実現していない

都民に夢を持たせて、御立派

兄貴、もー、段々、頭にきた

マーマー、俺は言いたいこと言ったから気分良くなってきた

不愉快

こーなったら、赤坂でお一人七万円で奢ってやる

余計、不愉快になりそうだけど、せっかくだから

またお会いしましょう

こりゃあ、おもしろい。すっかり忘れていた事も、思い出しました。

第14話　ひげジイが政府をサポートする

第二八回動画配信：二〇二一年三月三十日
朝日新聞デジタル：コロナ、再拡大鮮明、感染者、三四都府県で増加

（はげマロ）面白くない
（ひげジイ）何が
政治家の発言
皆さん、良いこと言っているよ
「他山の石」とは何じゃ？
あれ、広島の河井某の辞職の件
自分の仲間の起こした不祥事だから、「自山の石」じゃない？
あのな、逮捕されると、即刻、仲間じゃなくなり縁を切られる
自分の政党の党員でもか。一億五千万円も支援してもか？
ダメなのは切る、これ政治の鉄則

冷たいね
党を守るため、ワン・チームの精神
どこかおかしい
そういう、お前がおかしい
最近、皮膚科が儲かっていると言う
あれ、麻生副総理の発言だろう
マスクをいつまでやればイイんだなんて、副総理が言っていた
俺も知りたい、イイ質問してくれた
何を言ってんの。国民にマスクをしろと言っている政府の要人が言うのか？
疑問を率直に言う。良いことだ、あっぱれ副総理
あの方、日本語の使い方も分かっていない
忙しくて大学でも勉強できなかったのでは
亡くなられたかたや、「かいが」をされたかたに心からお悔やみの〜、なんだか分かる？
かいが、怪我の読み違い
内閣支持率も「ていまい」、何のことか分かる？
それは、低迷

よく分かるね
あの方の友達だから
「じゅんぷうまんぷ」、だって
順風満帆《まんぱん》のこと
結局、逆風が吹いて
だけど、まだ財務大臣もやってる
「まえば」、何のことか分かる？
前場と言いたかった
株式市場の常識用語、そんなお方が財務大臣
他にやる人がいないから
日本の政治家の質も落ちる
ダメな政治家ばかりでもワン・チームなら大丈夫
今の首相も、棒読みでよく間違える
緊張しているからだろう
緊急事態宣言の時、福岡県を静岡県と読み違えた
同じ「岡」だもの、許してやれや

寛大だな
あの方からいろいろ俺は学んだ
どうせ碌なこと無いだろ
自分に都合が悪くなったら
なんて言えばイイの
「承知していません」「批判に当たらない」「全く問題ない」
言い逃ればかり
「自助・共助・公助」
それを言い換えると
どうなる?
息子に向かって、「まず自分でできることは自分でやりなさい。自分でできなくなったら会社とかあるいは総務省で支えてもらう。そしてそれでもダメであれば、それは必ず自民党が責任を持って守ってくれる。だから思うとおりにやりなさい」と言ってるのでは？
イイね、息子への愛情が溢れている
別人格とも言っている
表と裏を上手く使い分けているところ、素晴しい政治家だ

兄貴の解釈を聞いていると、おかしくなる
春だから
そういうことじゃ無い
桜見に行こう
外出自粛中だぞ
桜の下をコップ酒、歩きながら飲む
疲れそう
ごちゃごちゃ言うな

今日、あらためて二度見ました。僕は、今の間がいいと思う。「引きの芸」の熟成、楽しみです。

第15話　かず君からの五つの質問

第三六回動画配信：二〇二一年六月二十五日
朝日新聞デジタル：閣僚「五輪中止を」、拒む首相　「やめるわけにいかぬ」いら立ちも

（はげマロ）かず君、今どうしているの？
（かず君）あの、今、お父さんとお母さんと在宅です
まあね、今、外に出られないからね
お爺さんはズーっと在宅だから大変だね
そうなんだけど、だけど、在宅もいいんじゃないの？　お父さんとお母さんと一緒で
僕も疲れますよ。お父さんはテレワークで忙しいし
そうか
お母さんは、ライザップで忙しく、体重減らすの一生懸命だし
ありゃー
いろんなことを聞こうとするとね、お母さんはお父さんに聞きなさいと言うし

それで
お父さんは暇にしているお爺さんに聞きなさいと言うんだよ
そんなことを言うのか
ついでにヨメイがどのくらいか、お爺さんに聞けって
なんだ、それ？
余っている命
ひどいこと言うなー
だから、今日、お爺さんにちょっと聞きたいの
いいですよ、答えてあげるから
五つほど質問があるの
あそー、第一問目は？
これ、すごく刺激的だけどね
何？
サルも禿げますか？
いきなりすごい質問だけど、サルの仲間でも禿げるサルもいるよ
そうなの、今度、動物園に行ったら探してみるね

秋くらいになったら、コロナも落ち着くから
一緒に行こうね
いいですよ
二番目の質問は、男も乳がんになりますか？
これもすごい質問だね
女の人ばかり乳がんでは不公平だと思います
いや、そうかね。どうも、女性一〇〇人に対し一人だけ男の人も罹るそうだよ
あそー、お爺さんはならないでね
心配してくれてありがとう、優しいね
ジャーね、三番目の質問
何？
お婆さんは何でコミュ力があるの？
何それ？
お爺さん知らないの、コミュ力とはコミュニケーション能力のこと
そんなふうに言うんだ
分かる？

うー、私、男だからよく分からないから、お婆さんに聞いてよ

分かった。お婆さんに聞いてみて、教えてあげる

そうしてくれる。では、次の質問は？

次はね、夢を見ても、どうしてすぐ忘れてしまうの？

寝てる間に夢を見る。かず君は、どんな夢を見るの？

僕はね、女の子に追っかけられる夢

もてるんだ。夢はね、夢を見る神経があって、それをすぐ消してしまう神経があるんだって

そうなの

その消してしまう神経がどんなものなのか、今、研究しているんだ

それが分かると

物忘れが激しくなるとか

認知症？

そういう忘れる病になぜなるのかも分かるようになる

早く分かると良いね。そうすると、お爺さんも認知症にならなくて済むものね

期待しましょう。さて四つの質問を貰ったから、あと一つの質問は？

うん、最後の質問はね

どんな質問?
オリンピック、パラリンピックは、安心安全と言われているけど、大丈夫ですか?
それね、お爺さんとしては安心安全ではなくて、不安危険と思うんだけど
ありゃー、お父さんもそんなこと言ってたよ
あいつもそんなことを言ってた、やっぱり俺の息子だね
なに感心しているの
だから、オリンピックの間は動かない方が良いね
分かった、テレビで見るよ
そうしてね
それにしても早くコロナがいなくなると良いね
そうだね
二学期にはいなくなるかな?
そうだね、我々もワクチンを受けるし
皆さん、コロナに感染しないようにして、オリンピックを楽しみましょう

お孫さんも、西武ライオンズのシャツですか？　オリックスに勝って欲しいです。お孫さんの五つの質問もなかなか良かったです。不安！　危険！　のオリンピックはどうなるのでしょうか？

第16話　ひげジイが読んでためになる本を紹介する

第四一回動画配信：二〇二一年八月二十二日
朝日新聞デジタル：自宅療養、首都圏一八人
死亡、七月以降、半数は五十代以下

（はげマロ）兄貴はよく本を読むね
（ひげジイ）教養を付けるため
でも、そんなに教養があるようでもないが
能ある鷹は爪隠す
そうかな、で、どんな本を読んでいるの
本を読まない人には、無駄だから教えない
冷たいな
それジャー、特別に、買わない方がよい本を教えてあげる
タイトルだけで中身のない本が最近は多い
土屋賢二氏が出している本で論じている

どんなふうに
まず、『直ぐに大金持ちになるには』
読んで金持ちになるなら、国民全部が貧乏でなくなる
金持ちになったら幸せになると思っている人は、絶対に買わないこと
確かに、金持ちが皆幸せというわけではない、良いことを言うね
同じ類いで、『必ず成功者になる術』
皆、成功したら、出世もできない
失敗しない人生は面白くない
兄貴も良いこと言うね
あたぼう、次に、『努力しないで痩せる』
太っている人には良い本だ、読みたいね
五万円を用意して
なんだ
ライザップに入会する必要がある
なんだ、宣伝本か
次は、『歳取っても女性にもてる法』

それ欲しい
この本を読んで、急に早死にする男が急増した
何で
分らんのか、アホ
後で考えておく
最後は、『世の中を上手く泳ぎ切る法』
それは、絶対に読みたい
歴代首相の共著
凄い本だ
本の内容は、上司への忖度、書類の改ざん、嘘の付き方、など
そんな本が出版されるの
永田町、地域限定販売
本当か？
皆さん、五冊の本を紹介しましたが
どれもこれも面白そう
全部、出版禁止になっています

なんだ

失礼致しました

👍良い本を読みましょう。タイトルが良いです。まさに混沌の極み、批判精神と複眼力が試されますね。ありがとうございます。

第17話　ひげジイが「老人の日」に次の総裁を予測する

第四三回動画配信：二〇二一年九月二十日
朝日新聞デジタル：働く高齢者「四人に一人」

（はげマロ）老人の日だね
（ひげジイ）俺、関係無い
後期高齢者だろう
タキミカさん知っている？
あの、元気な九十歳の女性
老人なんて言ったら失礼だろ
確かに、「老人の日」なんて言ってられない
「人生やり直しの夢見る日」にでもしたら良い
元気でるね
老人という言葉を無くそう
ところで、この一座に投書が沢山来ている

有名になったな、一座も
それが、殆どが兄貴へ
本当か、女性から交際を求められている
そうじゃなくて
なんだ、ガッカリ。投書の内容は
永田町の様子を
総裁選か?
兄貴はこの前、高市さんと言っていた
変わらないよ
岸田さん、河野さん、だと前評判
フェイク
本当か?
衆院選に勝つために
総裁が決まってから直ぐにある
衆院選を考えて、自民党は女性首相で決めている
安倍さんに忖度

違うの、野党に勝つには、女性
確かにウケがよいが、他の三人は
もう役割が決まってんの
二階親分の意向でか
幹事長が岸田さん、直ぐ豹変できるから
モリカケも言うこと変わった
官房長官は河野さんで、いろいろ間違えて、目くらまし
野田さんは
こども庁長官
なるほど
あの小泉さんは副総理
何？
高市首相の脇でニコニコしたり、涙流す役
野党は勝てないね
それに日本の政治は何も変わらない
期待できない？

今の人事、全て米国の了解取ってある
嘘
嘘かどうか、永田町に行って確かめよう
ジャー、永田町のカレーでもご馳走して
喰うことばかり
またお目にかかりましょう

（舞台を降りながら）
秘密だけど
教えてよ
石破さん、日本を捨てて
何？
IOCの立て直しをするんだ

ひげジイの組閣構想も悪くないですね。高市総理、岸田幹事長、河野官房長官等々。菅さんが出ると思って安心していた野党は今頃慌てているでしょうね。永田町の様子を探った後の次回はげマロ・一座を楽しみにしています。

第18話　ひげジイ「女性上位」

第四七回動画配信：二〇二一年十二月六日
朝日新聞デジタル：岸田政権、本格論戦　臨時国会召集、ワクチン、新しい資本主義、外交・安保、憲法

（はげマロ）また、オミクロンとやらが出てきた
（ひげジイ）コロナウイルス組も必死だよ
なにそれ
ウイルスも種族守るため
そんなことしなくてもいいのだ
そうだ、小池さんのいうことをよく聞いて
また、あまり集まれなくなる
この前、久しぶりに喫茶店に行った
カフェ

そうともいうが、周りは女性のグループでいっぱい
最近は、そうだ
四人集まって、全員がしゃべる
人の言うこと聞かない
だからやかましい
男は違う
一人だけ、高齢の男性がポツリ、なんとも影が薄い
おれ、考えたんだ
国会も政党も七割を女性にする
ソリャーだめだよ
すぐ群れるから、政党も二つくらいにまとまるよ
それから
金に厳しい
それは確かだ
安売りに敏感
デパート、スーパー、なんかに開店前に並ぶ

国家予算も締まるよ、それから、すぐに怒るから
それは、まずいのでは
菅さんみたいに、もたもたしないで政策も早く決まる
だけど、自分の主張は曲げない
その場合は、男性が肩もんだりしてほぐす
男の出番か
自分が間違った時には
なかなか間違いを認めないけどな
都合が悪くなると人のせいにすることもある
そしてそのつけが男に回ってくる
女性同士に信頼関係はない。だから、そこも男の出番
橋渡し?
そーだ、これが最も大事なのだが、女性は、金持ちとイケメンには目がない
確かに
こびて、こびて、利用する
そうすると、普通の男性は議員になれない

そんな連中は見下され相手にされない
おい、おい、そんな世の中、変だ
真剣に、男女平等なんて言わずに
どうする
女性上位の社会になることを真剣に考えるべきだ
兄貴も極端だな
もう少し深掘りしたいので、酒でも飲もう
付き合えっていうの？
決まっている
新橋の焼鳥屋に行こう
女将がいる老舗
あー、あの婆さんがいる
元気付けに、皆さんまた
（退出しながら：菅さんの続投の話どうなった？）
小池さんと話が付いて

何？

副総理が二人

誰が、もう一人？

決まっているだろ、安倍さんだよ・神楽坂!!

今日のは、いい!! 笑い転げて、涙が出ました。特に、最後の高市と緑の狸！ 今日のは最初から面白かったです。喫茶店（この古い言葉がいい）でのババアの集団しゃべくりは、僕も十月の東京の喫茶店ルノアールで体験しました。それから、女性はすぐキレる、金に細かい、絶対に自分の非を認めず、人のせいにする。これ、まさに女房です。しいて言えば、女性上位に対し頑固ジジイの辛口反論があれば、もっと笑えます。これ、グランプリに出してね。優勝だわ。

第19話　ひげジイが二〇二一年を振り返る

第四九回動画配信：二〇二一年十二月二十六日
朝日新聞デジタル：変異株、声上げた南ア苦悩、オミクロン、各国渡航制限「懲罰のよう」

（はげマロ）兄貴、今年は終わり
（ひげジイ）あっという間だ
そうだな、今年を振り返ってみるか
昨日のことも忘れているので、思い出せないぞ
付き合ってくれ。まずはオリ・パラ
おれ、川柳作った
どんな？
「オリ・パラは　無観客でも　盛り上がる」
観客がいたらもっと盛り上がった

「コロナ菌　オリ・パラでは　遠慮して」
なるほど、開催するかどうかもめたが、無事終わった
モー、ずっと昔のことのように思える
ついこの前だったが
東京オリンピックのほうがもっと覚えている、俺は
次に、政治
ひどかった。俺の川柳、「コロナ禍に　メルケルがいない　日本かな」
ドイツに見習うところがあったが、メルケルさんは辞めてしまう
残念だ
日本は菅さんが辞めた
そんな、忖度する方がいたな
忘却の彼方
今度の首相に贈呈したい川柳、「聞く耳は　二階・安倍には　向けないで」
なるほど
もう一つ、「支持率は　菅の後なので　心配ない」
安倍さん、菅さんは人気なかった。最近見つけた川柳

自作じゃないのか
「文通費　アベノマスクで　現物支給」
交通費、月に百万円、ありゃない
国民の税金を
俺の作った川柳、「無駄遣い　安倍のマスク　捨てちまえ」
最近銀行もおかしい
金おろせないとか
こんな川柳も新聞に載っていた、「宝くじ　システムミスで　当たらぬか」
おれ、宝くじ、今年は当たる予感
毎年言っている。それにしても今年も異常気象
大雨降ったり
こんなのも新聞に載っていた、「皮下脂肪　資源にすれば　ノーベル賞」
俺の作ったのは、「脱炭素　日本の遅れ　世界の恥」
二〇三〇年までには何とかしないと
今度の岸田さん、頑張って
それにしても、愉快なニュースないね

こんなのどうだ、「寅年に　生まれる男子は　みな聡太」
将棋、強い、聡太くん。こんなのも新聞で見かけた、「二刀流　昔は武蔵　今翔平」
いいねー、来年も大谷君は楽しみ
若い世代に期待
年寄りは退場
シルバー川柳で公表されていた、「五輪中　ご臨終と　聞き違え」
ドイツ製の補聴器に変えろ
もう一つ、「変異株　上がったかと聞く　ご老人」
爺は、金と女を追いかける、性懲りもなく
兄貴、自分のことか？
違う、うるせい
皆が言っている
次も自作じゃ、「薄味に　コロナかとわめく　くそ爺」
何でもかんでもコロナだ
確かにいろいろあった。最後に、「何は無くても　世界の平和　あればよい」
いいこと言うね

皆さん、良いお年をお迎えください
今回は四九回、来年早々に五〇回をお送りします
はげマロ・一座を更にご支援ください
さようなら

👍
イントロのBGMの工夫や、「ひきの芸」の追求、楽しみにしてます。受け答えの「間」にもいろいろトライされているのが分かります。

第20話　ひげジイが腹話術の歴史を語る

第五一回動画配信：二〇二二年一月十五日
朝日新聞デジタル：統計不正、国交省隠蔽重ねる、書き換え二十年超「不適切」

（ひげジイ）お前、腹話術の歴史を知っているか
（はげマロ）なんだ、いきなり。今は、「いっこく堂」が有名だが
もともと腹話術は、古代において「おまじない」や「占い」の一部だった
へー
神秘的な力をアピールするために用いられていた
古代、どのくらい昔？
聖書にも腹話術のことが書かれている
そんなに古く？
その後、中世になって魔女狩りが行われるようになると
歴史で習った。十五世紀頃から十八世紀にあった

その時に、腹話術師達も迫害の対象となった
分かるような気がする
時代が進むと徐々に腹話術は娯楽としても楽しまれるようになる
大衆化した？
腹話術のショーは一七五〇年、オーストリアで始まった
なるほど
マジックとのコラボも始まった
そうか
一九五〇年に入るとアメリカでラジオ放送を通じて大人気になった
だれ
シカゴ出身の腹話術師エドガー・バーゲン
聞いたことあるな
不勉強だ、お前は
すみません
相棒の人形のチャーリー・マッカーシーとともに
日本では

昭和十五年頃に川田・古川・澄川、三氏がきっかけを作った
戦前だ
戦後は、三遊亭小金馬、花島三郎、春風イチロー達が盛り上げた
そうなんだ
その後、あまり盛り上がってないが
漫才なんかに比べるとマイナー
最近では、アメリカ中心にいろいろな国で単なる娯楽ではなく、精神障がいを持つ子どもの
教育に利用
セラピー効果があるからね
子どもだけでなく、ご老人達にも、そんな効果がある
心が和やかになる
そこで、俺、考えたんだけど
何を?
コロナで話をすることのできない人がすごく増えている
外出できないから
そこで、腹話術の出番

どうする
自分が好きな相棒、例えば、バーのマダムに似た人形と腹話術
今は行けないから
子どもが好きな動物、例えばくまさんとかと腹話術
そうすれば、孤独感が無くなるし、言いたいことを言えるな、確かに
良いアイデアだろ
なるほど
まずは、東京都で腹話術を普及してもらう
具体化できるかな?
緑の狸さんに直談判
あの方、今忙しいよ
あの方の行きつけの小料理屋、知っている
ジャー、行きますか?
皆さんも、寂しい方々、腹話術を始めませんか。その気のある方、連絡ください
(舞台裏手で)

俺達は、今、何やってんの？

腹話術に決まってんだろう

嘘だろー

腹話術の沿革、分かりました。その効用をもって広報に力を入れる必要がありますね。

第21話　ひげジイがＳＤＧｓについて毒づく ―その一―

第五三回動画配信：二〇二二年二月十二日
朝日新聞デジタル：中国で二度目となる五輪が、再び人権問題への憂慮の渦中で開かれている

（はげマロ）最近、兄貴は不愉快と言っているが
（ひげジイ）あまりにも理不尽なことが多くて
すぐ、頭にくる性格
性格の問題ではないの
聞かせてください、不愉快なこと
ＳＤＧｓ、知っているか？
国連が決めた「持続可能な開発目標」
一七目標
貧困、紛争、気候変動、感染症とかの問題を解決

例えば、CO_2削減

地球温暖化を抑えるために、石炭火力をなくせとか?

これに、頭来ないか?

温室効果ガス削減は良いこと

例えば、インド。発電コストの安い石炭火力に頼っている

欧州は石炭火力を止めろと言っている。再生エネルギーとか

再生エネルギー導入、そんな資金的余裕ない

そこを何とか

経済成長するためには電気がいる。発電を増やす必要ある

だから、ほかの手段を

高いコストを払うお金がない。そうなると経済成長できない

経済成長できないと、教育、医療なんかにも遅れが出る

そういうこと。ひるがえって、日本を見ると

風力、ソーラーとか増やして

日本は金持ちだから、どのようにクリーンにするかを考えることができる

政府も企業も頑張っている

何か、大事なことを忘れていないか？
そうかな？
あのな、停電ばかり、病院が少ない、きれいな水を飲めない、そんな国が多い中で
日本人は幸せではある
日本人は、先ずは電気自動車にすればよいなんて考えている
環境にやさしい
発電量を増やす必要があるんだぞ
だから、温室効果ガスを出さない別の方法で
忘れているのは、発電量を減らす、無駄を省くこと
これまでと同じ普通の生活を続けている
あのね、日本に自動販売機がいくつあるか知っている？
そこら中にあるね
五〇〇万台、国民二四人に一台
多いね
そのうちの半分が、二十四時間動いている
温かいものとか冷たいものを手に入れられる

真夜中、街の片隅で、ひたすら動いている
そうだけど
それに使う電気
どのくらいかな
止まってしまった福島第一原発一号機の年間発電量の一・五倍
そんなに、大量に
昔は、だれでも家を出る時にマホービンに飲み物を持って出た
だけど、今は便利。何処でも飲みたいものが飲める
日本人は水道のない国のことを考えて
きれいな水も飲めない
無駄を省き、浮いた資金で貧しい国に援助する
確かに
こういうことを考えれば、世界のクリーン化は進む。まだまだあるぞ
どんな事
ゴミ、例えば食べ残し
これも問題

次回にしよう
なんで
話しているうちにマタマタ頭にきて、腹減った
そー、カリカリしなで
カリカリの餃子でも食いに行こう
では、皆さんまた

（舞台を降りながら）
オミクロン、収まりそうだ
良かった
緑の狸さん、することなくなる
静かになるかな
安倍さんと何か始めているみたい、極秘だけど

👍

SDGsを話題にした今回の時事放談腹話術の出来は素晴らしい♡♡です。時事放談シリーズ二回目にしてこの出来栄えの脚本はご立派👏👏👏　全国にある自動販売機で消費している総電力量が、福島第一原発一号機の発電量の一・五倍に相当することは、初めて知りました。工藤さんの腹話術を楽しみながら社会問題を学ぶ機会になるのは、高齢者、子ども達にとってても願ってもないことだと思います。お笑いシリーズと時事放談シリーズの二本立てでパフォーマンスを提供するとお客さんに大いにウケると思います。

第22話　ひげジイがSDGsについて毒づく―その二―

第五四回動画配信：二〇二二年二月二十四日
朝日新聞デジタル：ロシア、進軍どこまで
首都攻撃の可能性

（はげマロ）この前、兄貴は不愉快と言っていた
（ひげジイ）この前の続きやろう
SDGs、電気の無駄遣いの続き
少しは、自分達の身の回りから、二酸化炭素排出を減らすこと考えようということ
その続きがあるって言っていた
フード・ロス
大切な食料をムダにしてしまう、食品ロスのこと？
それだ。飲食店やスーパーマーケットなどの食べ残しや売れ残り
あれ、もったいない
次に、家庭。買いすぎて食べ切れなかった食材や傷んだ生鮮食品など

こういうのは、捨てられる
可燃ごみとして、ごみ処理施設に運ばれ、大量のエネルギーを使って燃やされる
多くの二酸化炭素が排出され、温暖化などの気候問題に影響する
世界のフード・ロスによって排出される温室効果ガスの量は三六億トン
多いのか?
世界の温室効果ガス排出量の約八%です
あれ、気温の上昇や雨の降り方などの気候の変化、干ばつや洪水などの異常気象によって食べ物を作る環境が厳しくなるのに
食べられる食品を捨てて、温室効果ガスを増やしている
往復ビンタだ
それに、世界中には飢えや栄養不足で苦しんでいる人がいる
約八億人いると言われている
今、世界人口は八十億人だが、二〇五〇年には一〇〇億人になると言われている
益々、飢餓人口も増える
そんな中で、日本では
まず、食料自給率が低くて

三七％。残りは外国から輸入している
先進国でもっとも低い
外国から食料を輸入しながら、ものすごい食品ロス
多いか
年間五七〇万トン。東京ドーム約五杯分
すごいな
国民一人あたり年間約四五kg、一日にするとおにぎり一個分のご飯を捨てている
もったいない、世界中に飢えで苦しんでいる人が多くいるのに
日本でも子どもの七人に一人が食事に困っている
そうだ、日本でも増えている、そんな子ども達が
こんな問題を日本は抱えている
なんだか変だ
他にも変なこと。日本は、例のレジ袋
元の環境大臣、スーパーの買い物袋を有料にした
今、二円か三円、レジで売っている
買い物袋の消費量は減ったので効果はあった

欧州では、一〇円、二〇円にしている。本気で減らそうとしている

そんなに高いと、日本ではお客に怒られる

中途半端なの、日本は。大臣の言うことも聞かない

お国の言うことなんかまともに聞かなくなった

日本は遅れている

なんだ

日本のみそ屋さんが輸出を始めている

健康食だから、海外でも評判

外国のお客さんから、即席みそ汁は良いが、プラスチックの器をやめて欲しい

あれ、使いやすくていいよ

プラスチックは環境にやさしくないから、紙にしてほしい

本当？

先進国では、少し高くなっても環境にやさしいものに変える、これ常識なの

確かに、日本は遅れている

経済もモラルも日本は二流になりつつある

厳しいね

なんだか、またもや頭に血が上ってきた

酒でも飲みますか

「ROKUMOJI CRAFT GIN」を知っているか?

知らない

新潟県で誕生した環境にやさしい、ジン。森林資源を活用したお酒、それを飲んで

分かりました、その続きを話しましょう

我が家は幸い裏庭があるので、生ごみは堆肥化したり、鶏の餌にしています。今、二五羽になっていて、大変な食欲なので残飯をあちこちから貰っているところです。卵は毎日一四、五個産んでくれるので、食べきれないので、半分以上はお裾分けにしています。日本人は、熱いご飯に生卵が好きという方が多いので、喜んでくれます。

第23話　ひげジイが若人の言葉に苛立つ

第五七回動画配信：二〇二二年四月十日
朝日新聞デジタル：黒田日銀、試される残り一年、急な円安、「悪い物価高」進む

（はげマロ）兄貴、どうしている？
（ひげジイ）最近、若い連中と話すと疲れる
どうしたの
「こちら、ご注文の品になります」だって、若いのが言う
イイじゃないの
「こちら、ご注文の品でございます」
重々しい
「こちら、ご注文の品です」でよい
丁寧じゃない
「こちら、ご注文の品になります」の「に」は、ともかくおかしい

気にしない
おかしいものはおかしい。「わたくし的にはおかしいと思います」と若いのは言う
イイじゃない
何でもかんでも「的」を付ける
やわらかい表現
「あなた的」「岸田総理的」「アメリカ的」、変だ
気にしない、気にしない
「一万円からお預かりします」だって
イイじゃない
「一万円をお預かりします」だ
ちょっときつい言葉
「一万円から」の「から」はおかしい
気にしない、気にしない
「ご都合とかは如何?」だって
気遣い
何を言ってんの、「ご都合は如何ですか」で「とか」はいらない

優しい気持ちを分かってやって

若者言葉は、ともかくおかしい。それと理解力も落ちている

そうかな

「この仕事は、骨が折れるから覚悟しておけ」と上司が部下に言ったら

若い頃によく言われたが

そしたら部下が「え？　肉体労働なのですか？」と聞き返された

なんで

骨が折れる、骨折と間違えたんだって

かわいいね

「分からない語彙があったら、その都度、辞書で調べるように」と、辞書を渡したら

最近の学生は辞書を持っていないからね

辞書の引き方が分からないので、異常に時間がかかった

確かに、会社も大変だ

部下に「先輩の生き方を他山の石として頑張っていきます」と言われて

そりゃまずい

「他山の石」を他人の良いところを見習うと理解している、若いのは

他人の誤りを参考にして、と言う意味なのに
こういう若いのと付き合うのも気が重い
そう言わずに、のんきに暮らして
そー言えば、俺の友達が二十五歳の女性と結婚するんだって、びっくりした
ソリャーすごい、五十歳以上も若い人と
うらやましい
でも、どうやってそんな若い子をつかまえたの
聞いてみた
なんだって
年を偽って九十歳といったんだって
その手で兄貴も頑張って
いやだよ、疲れるよ
分かる、分かる
こんなクイズがある
碌でもないだろ
この世で最強の動物はライオン

それは正しい
そのライオンが恐れる動物は何か
なに、何
答えは、雌のライオン
もーいいや、帰ろ
そう言わずに、何を言ってるか分からない、若者の街に行って飲みましょう
マンボウも解けた
ロシアが攻めてくる前に盛り上がろう
何、言ってんだ

（舞台を降りながら）
まだ前の前の首相はロシアに行かないのかな?
行くわけないだろう
緑の狸も連れて行って、ロシアの方をだましたらいい

👍良いですねェ〜。普段から気になっている言葉の問題、若い人を除きウケると思います👏👏
それにしても、ひげジイが喋る時、工藤さんの口元がますます動かなくなっているのは凄いです♡

第24話　ひげジイ『同窓会』

第六一回動画配信：二〇二二年六月三日
朝日新聞デジタル：攻撃の化学工場、地下に
八〇〇人避難、ウクライナ

（はげマロ）兄貴、浮かぬ顔しているね
（ひげジイ）おれ、いつも浮かぬ顔か？
なんだか、そんな雰囲気だ
お前、いつから他人の心を読めるようになった？
ごちゃごちゃ、言わずに
最近、世の中の変化についていけなくなった
コロナやウクライナや
この前、高校の同窓会をやった
珍しい
珍しいよ、なんせ、天国の楽園で寛いでいる仲間が三割

死んだ人
そー、味気ない言い方するな
すいません
病気や認知症の仲間が五割
それじゃー、集まったのは二割
寂しいよ
だけど、懐かしい連中と会えて良かった
それが、大変、ズームとやらで
コロナのせいで
本当に、武漢のお陰でライブもなくなった
それで、パソコンやスマホ使って
手慣れない連中なので接続できない。どこをクリック
よくある
顔が出ないとか声が出ないとか
後期高齢者は慣れていないから
美人だった方に会いたかったが、シワが見えるからと言って顔は出さないし

それは見ない方がいい
悪友は奥さんに同窓会をやっているって言わなかったから
どうした
奥さんが、「馬鹿なもの見ていないで、早く風呂に入って」と顔を出したりして
よくあるよ、悪口が全部聞こえたりして
そいつ、風呂に入りに行ってしまった
同窓会を蹴ってか
今も、悪友だ
若い頃と、皆、中身は変わらないな
最近、また、留守電も大変
変な電話がたくさんかかってくるから、留守電は便利
そうなのだけど
登録していない電話には出ないことにしている
俺もそのようにしているけど、この前、友達に久しぶりに電話したら、留守電
何かメッセージを入れたか?
友達の留守電が

なんだって

「お電話を頂きありがとうございます、私、認知症になりました。すぐ忘れるので、おっしゃりたいことを、ここに残していただけるとありがたいです」

すごいメッセージ電話だね

今度は俺に掛かってくる方

どんなのが入っている?

こんなのがあった。「二年間、中止していた老人会を今度の敬老に日に開催しますので、お越しください。歩行が困難な方は、車いすでお迎えに参りますのでお申し付けください」

親切だね

「おひげの叔父様、銀座スナックのアキコよ。コロナで参りました。六月末で店閉めますので、お越しください。二年前の勘定清算も、よろしく」

スナックも大変だ

ということで、これから銀座に行こう

今日は歌わないの?

スナックで歌うから、サー行こう

（舞台を降りながら）
銀座のスナック、緑の狸も出没するらしいね
そーなんだ、気を付けないと
どうして？
ハゲが好きだっていうから

👍
ようやくコロナが良い方向にあり、銀座のクラブへは行けませんが、じじー会は開催のめどが立つようになりました。だいぶ暑くなり、これからは梅雨入りですが、どうぞ御自愛願います。いつもありがとうございます。

第25話　ひげジイが選挙の投票率の低さを嘆く

第六四回動画配信：二〇二二年七月二十四日
niftyニュース：大関・貴景勝、四度目の優勝も内容に賛否「立ち合い変化叩《はた》き込みにガッカリ」

（はげマロ）兄貴、この暑い時に、湯気が立っている
（ひげジイ）どうにもこうにも頭にきている
なんだ？
この前の参議院選挙、あれはなんだ
予想通り、与党が勝った
野党がしっかりしていないから、やむ無しだが
そういう見方もある
おれは、候補者のTV政見放送に頭にきている
あー、最近の演芸番組よりも面白かった

日本の品位を疑う
誰でも立候補できる
子どもに見せられないような馬鹿たれもいる
民主主義国家だから
それから投票率
俺は行ったよ
そんなことを言ってんじゃないの
なんだよ
五二%と過去四番目の低さ
そんなもんじゃないの、今の日本は
世界で一三九位
そんなに低いの
オーストラリアは九〇%以上の投票率
あそこは、投票は義務で、投票しない輩には罰金
そうよ、選挙は権利でもあり義務だ
日本では、罰金は無理では?

若い世代の投票率が特に低い
政治が良くなることを期待しないから
そうだよ、そこが問題。だけど、ともかく投票させる！
どうやって
例えば、スマホを持つには投票した証明書が必要
なるほど
あるいは、ペイペイなどのカードを持てなくするとか
やってみるか
お前、岸田さんに訴えろ
ダメもとで言ってみますか
それと岸田さんが憲法を変えると言っている
安倍さんも言っていた
あのな、憲法を変えると言っても、簡単じゃない
十分議論しないといけない
改憲、創憲、護憲、加憲
いろんな考え方がある。確かに、全く議論されていない

若いのを入れた議論の場を政府は持つべきだ。お前、岸田さんに言ってこい

うー、分かった

まー、またまた頭に血が上った

体に悪いよ

このくそ暑い中で暑中見舞いを出そうと思ったが、やめた

僕は、メールにしているけど

暑中見舞い出すのを止めて、川柳を作ってみた

また、下手な川柳。マー、聞きましょう

「暑中見舞い　余った年賀状　使っちゃお」

エコに配慮、良いじゃない

「暑くて暑くて　暑中見舞い　出す気力なし」

分かるけど

「暑中見舞い　生きている　通知だよ」

出さないと死んだと思われる

「高齢者　暑中見舞い　相手がいない」

後期高齢者はご不幸通知を受ける方が多い

「暑中見舞い　コロナに感染し　出せません」
まだあるの
後、二〇
モーいいよ
「冷たいな　生ビールおごるから　聞いてよ」
分かりました
（舞台を降りながら）
さっきの選挙と憲法の話、新宿に行って緑の狸に聞いてもらおう
字幕スーパーで話がとても分かりやすくなりえですね。工藤さんが打ち込んで作っているのですか？　それとも自動的に作成？　投票率アップのあめ玉作戦は賛成。
私も川柳をひとつ……。
「ヒゲ爺の　川柳でしばし　暑気払い」「温暖化　いつでもどこでも　暑中見舞い」

第26話　ひげジイ『替え歌』

第六七回動画配信：二〇二二年八月二十八日
朝日新聞デジタル：ＮＰＴ会議、再び決裂、
ロシアが反対　核軍縮の機運しぼむ恐れ

（はげマロ）兄貴！
（ひげジイ）なんだよ、お前、何かボケた顔しているね
普通の顔をしているけど
年取るとね、顔も何かぼーっとしてるように見える
そーかな、それで兄貴は？
まだあんまり外へ出るなって言われてるからさ、暇で暇で
まあ、そうだろうね、もともと暇だったんだから
あのね、また、カラオケを作ったんだよ
カラオケ？
替え歌だよ、皆さん聞いていただけますか？

兄貴の替え歌マー、聞きましょう。それでどんな歌
俺ね、北国の春と高校三年生しか歌えねえの
そうなんだよな、じゃあまず北国の春から始めて
歌います
　熱が出て　咳が出て　フラフラだ
　コロナに　罹って　しまった
　あ〜あ　救急車を呼ぼう
　病院　探して　呉れてるけれど
　三途の川が　見えてきた
　まだ渡らないで　死ぬの嫌だ
　まだ生かしてくれ
とんでもない歌だね
これ切実よ
そうかな
最近ね、救急車に乗っても行くアテがないんだよ
そうだよね

何とかしてくださいよ、東京都知事
でも、国の問題でもあるんだけど。次の替え歌は
高校三年生だよ
　コロナおさまり　同窓会する
　連絡取ったが　返事が来ない
　ああ　後期高齢者　どうせ
　顔も名前も　思い出せぬ
　常世の国で　会いましょう
なにそれ
なにそれって、今はこういう状況だよ。みんな友達と連絡取れなくなっちゃってさ
まあ、そうかもしれないけど、三途の川が歌の中に出てきたね
我々、後期高齢者も大変だよね
まあ、そうだね
皆さん、コロナに罹らないように家の中へ閉じこもってください

聴いて納得の替え歌、面白かったです。話は変わりますが、替え歌の「三途の川」で「どんと来い　三途の川」という紙芝居を思い出しました。亡くなった爺さまが三途の川のほとりで死者の着物を剥ぐのに大忙しの奪衣婆《だつえば》の手伝いをしたことから、奪衣婆に気に入られ結婚し幸せになるというお話です。そんな世界が待っているのならええのですが……。

第27話　ひげジイが七つの健康法を披露

第六八回動画配信：二〇二二年九月十九日
朝日新聞デジタル：バイデン氏、国連演説で
ウクライナ支援訴え

（はげマロ）兄貴、本当に元気だね、何か秘訣ある？
（ひげジイ）俺の健康法
教えてくれるか
長年の経験を簡単に教える訳にはいかない
そういわずに、社会貢献
これを教えると、平均寿命が更に長くなって、若者に迷惑かも
何、へ理屈
特別に披露しよう
待ってました
土屋賢二氏も指摘している「七つの秘訣」の一つ

七つもあるのか
まず、暇な時には元気でも病院に行く
それは、なんだ？
初診して、診察券を貰う
それって、病院を忙しくするばかりじゃない
おれ、一五の病院の診察券を持っている
ウエー
本当に病気になったら、受診しやすくて重病にならない
そーか、医者も前歴が分かるから困らない
これノウハウ。二番目の秘訣、食事はなんでも好きなだけ食べる
太ってしまう
どうせ、年取ると食は細くなる
それはそうだけど
好きなものを食べないストレスは、病の元
確かに
三番目は、遠慮はしないで出しゃばる

年寄りは控えめにするのが常識
そんなことしないで、老人の特権を生かす。列の前に強引に割り込む、電車では何が何でも座る
楽はできる
その次の四番目
なんだ?
自慢、愚痴、嫌味を思いっきり言う
はた迷惑
すっきりして、ストレス解消
自分勝手だな
五番目
まともなのはないの
都合が悪い時は、見えない、聞こえない、忘れたふりをする
汚いな
長いこと生きてきたんだから、これも楽しい
はた迷惑

六番目、面倒なことはしない
役に立たない年寄り
面倒なことをやって、不愉快になって、怪我でもしてみろ
それは困るよね
最後の秘訣は、笑うことと歌うこと
やっと、まともな秘訣だ。確かに苦虫つぶした顔をしているより
おかしくなくても笑う、長生きする
兄貴は、長生きするな
お前の葬式を盛大に取り仕切るから、安心してくれ
ありがとう、でも、率直に喜べない
何事も単純に考えるのも大切
はい、分かりました

今日も楽しいはげマロ一座、拝聴いたしました。感謝。良かったですね！　敬老の日、私も、

ワイフとの間では『見えない、聞こえない、忘れた』を二人の会話の中で実行しております。都合の悪いことは、これに限りますね。先般、『80歳の壁』、和田秀樹著を読みました。これは、正に敬老の日に読むべき著作ですね。私は、『マーいいか、そのうち何とかなるさ』の人生をラテン的に歩んできましたが、正に、間違ってはいなかったと一人満足しております。

第28話　ひげジイが自分自身の葬式次第を公表

第六九回動画配信：二〇二二年十月三日
朝日新聞デジタル：雲作り、温暖化防げるか、海水を噴霧、太陽光の反射率高める

（はげマロ）兄貴、国葬が終わった！
（ひげジイ）大騒ぎだった
これからも騒がしいと思う
イギリスと日本の葬式、そこで俺考えた
何を
俺の葬式
先のことだろ
いずれ来るし、喪主となるお前に段取りを頼んでおこう
私が生きてれば引き受けざるを得ないが
まず、葬儀屋・三社、イベント屋・二社、そうだ電通にもかけて、企画案と見積もりを取っ

てくれ
私が？
喪主の責任
そうかな
まず、葬儀は一日葬
最近、はやっている
お前の健康年齢を考えて、一三回忌まで一気に済ますこと
すごいな
葬儀は、坊さんの負担を軽くするために
坊さんも高齢
だから、一時間以内に済ます
それはみんな喜ぶね
偲ぶと共に喜びの会を葬儀の後、二週間以内に済ませてくれ
なに、喜びの会とは
俺が死んで喜ぶ人もいるだろ
そんな配慮するの

その会は、三部構成
なに、それ？
一部は俺の人生を振り返る
どうやって
それは、すでに動画を作ってあるから心配するな。十五分くらいのものを
手早いね
お前に無理させられない。第二部は三十分
なんだ
俺のお陰でとんでもない人生を送った方々に
どうするの？
精一杯、怒りをぶつけてもらう。備え付けの塩を位牌に投げてもらう
すごいな
皆すっきりするし、俺も悔いが残らない
分からないでもないが
第三部はカラオケ大会
お招きするの

飲み仲間に話は付けてある
そうなの
最後に「乾杯」を歌ってお開き
これをさっきの六社に企画させるのか
そう
費用はどのくらい
お前に任せたといったろ

今年、指折りの出色の出来だと思います。「喜びの会」は想定外でした。このヒットを打ち続けるのはきついでしょうが、楽しみでもあります。更なる精進を期待します。

第29話　ひげジイが税金は罰金と思えと主張している

第七〇回動画配信：二〇二二年十月二十三日
朝日新聞デジタル：日本シリーズ第二戦、互いに譲らず引き分け、ヤクルトが九回に同点弾

（はげマロ）兄貴、何か言いたいことがあると言っていたが
（ひげジイ）そうよ、あのな、生きていて確実なこと、二つあるが、なんだか知っているか？
いきなり、なんだ？
まず、死ぬこと
それは確実だ
次は、税金を取られること
確かに、社会をよくするためには、国民が払う必要がある
だけど、考えようによっては、税金は罰金みたいなものだと、ネットで広まっている

どんなふうに？
たばこ税、たばこを吸うやつはけしからん、罰金
健康に悪いから吸うなという忠告みたいに考えれば
熱燗でお酒を飲みいい思いをしていると、酒税の罰金
あまり飲みすぎるなというお上のアドバイス
甘い、甘い。温泉に入って悦に入ると、生意気だと入浴税の罰金
温泉の維持も大変だから
一生懸命働いて稼ぎを上げると
真面目に働くことはいいこと
増えた分は、働き過ぎだと、所得税という罰金
そんな言い方は無いと思うが
この罰金の金額は、月に二～三日ボランティアで働いているのと同じ
それは不愉快だけど
消費を増やせと政府は言うが
給付金なんてあった
あれ使って何か買うと、消費税という罰金

罰金ではない
一生懸命働いてマイホームを持つと、固定資産税という罰金
罰金じゃなくて、税金
親が死んで財産を受けると、何もしないで怪しからんと、相続税という罰金
だから、税金
相続は「不労所得」という解釈
そんな考え方もあるかな
息吸って生活すると税金払えと、住民税
そうかな
長生きすると後期高齢者に介護保険料を払えと罰金
確かに、あれは罰金かも
長生きすることに対する罰金
そういわれると
日本人は、税金に対して無頓着、特にサラリーマン
確かに、外国では天引きはない
納税は自分で申告

天引きだと確かに意識が低い

罰金という意識が出てくるような税金はやめにして

国民が払う気持ちにさせる

例えば

何かいいアイデアあるか？

最近、北の方からミサイルが飛んでくる

国防しないといけないと、国防費を二倍にすると言っている

それじゃ、国民の危機感が出てこない

どうすればよいの

ミサイル税を設けて、ミサイルが飛ぶたびに税率を上げる

みんな、大変だと思うかも

それは堪らんと、政府に抗議が出て

北との交渉が真剣にされる

国民が国土安全をもっと真剣に考えることになる

兄貴、いいことを言うね

そうなんだけど、これを岸田さんに言っても

無駄じゃないと思うが

真摯に受け止めて検討します、と言ってそれでおしまいに決まってる

確かに

今まで、皆さま、ちっとも面白くない我々の話を聞いて頂き有難うございました

申し訳ありません

すべての責任は座長のはげマロにありますので、クレームは座長に

なんだよ

損害賠償しろ、さようなら

最近の政府のバラマキ政策を見ると　納税者にとって真面目に納税するのがアホらしく感じますネ。

第30話　ひげジイが円安と値上げについて鋭い提案をします

第七一回動画配信：二〇二二年十一月七日
朝日新聞デジタル：駒大三度目三連覇、大会初、第五四回全日本大学駅伝

（はげマロ）兄貴、日本は素晴らしい
（ひげジイ）何が？
物価が上がって困ったなと思ったら、第二次補正予算で三〇兆円出して対応する
お前、馬鹿か
何が
当初の本年度予算が一〇七兆円、第一次補正が三兆円、今度が三〇兆円
大胆で良い。しかも、電気代を二割、ガス代を一割、ガソリンも援助
そのお金はどこから出てくる
国債だろうね
でも、本年度の新規発行額は当初計画の約一・七倍に膨らむんだよ

大きいね
一三〇〇兆円が六月の国債の総計、国民一人当たり一〇〇〇万円の借金
日本は金持ちだから大丈夫
また、あほか
なんだ
世界の信用が無くなったら、日本は破産するよ
大げさ
経済成長はしない、少子化は進む、日本は大変なの
それは正しい
十月二十八日の記者会見で岸田首相は言うべきことがあった
兄貴、恐ろしい剣幕だね
国民の皆さん、日本は大変ですと訴えなければ
どんなふうに
今回補正予算を決定しましたが、日本は一九九五年に一人当たりＧＤＰが三位だった
良き時代
しかし、それ以降、ＧＤＰは下がり続け、今や二七位の中進国です、皆さん

そうなんだよね
これまでの政策、長いこと首相だったあの方の間違いを認め、この際、新たに前進しましょう
どうする
しばらくの間、皆さんの生活のレベルを落としてください。経済成長せずに自粛
なんじゃ？
豊かさを求めず堅実な生活をしてください
どんな
電気消費量を落とすために、太陽が上がったら起きて、日没後はできる限り早く寝てください
オイオイ
ガソリン量を減らすために不要不急の外出は避けてください
いつかどこかで聞いたようなセリフだね
食料輸入を減らすために、牛肉と豚肉の食べる量を減らしてください
それじゃー、旅館とか、牛丼店とかレストランとかが困る
私が訴えていることは皆さんの犠牲が必要です。職を失う方もいるでしょう

堪りません
雇用を増やします
どうやって
皆さん、農業の仕事をしてください
食料の輸入を減らし自給率を高めるのは良いことだ
一〇万ヘクタールの再生可能な荒れて使えない農地を皆様に安くお貸しします
そこを耕す
農水産業専門高校・大学を増やします
なるほど
国民の皆さんしばらく我慢してください。お願いです。これを涙ながらに訴える
それ、ウケるかな？
ダメだったら、首相を辞めてしまえばいい
過激だな
日本は、北からミサイルも飛んでくるし、経済はおかしくなるし、大変なの
分かった
それじゃー、すき焼きでも食いに行こう

なんだよ
今のうち、熱燗で。皆さん、さようなら

今日の真面目なテーマ、良かった。日本の置かれている状況がスッキリと頭に入ってくる。こんなテーマも今後是非やって欲しい。農業事業の振興、自給自足、これがあってはじめて国の根幹をなす（今まで以上に印象的であった）。

第31話　ひげジイが政府の言う事は聞き流せと忠告

第七二回動画配信：二〇二二年十二月四日
朝日新聞デジタル：「ゼロコロナ」緩和も検査に列、混乱続く　中国、広がる市民のいらだち

（はげマロ）兄貴、随分、大臣が変わるね
（ひげジイ）良いことだよ
ころころ変わってしまうと政治が混乱する
良い人材が見つかるまで変えればよい
岸田さん、任命責任がある
憲法、「内閣総理大臣は国務大臣を任命する」となっている
だから責任がある
憲法、「内閣総理大臣は任意に国務大臣を罷免することができる」となっている
そうか

だからいくらでもクビにできる、できる人材が見つかるまで変えればいい
そうかな
任命も罷免も天皇陛下の認証がいる
天皇陛下も忙しい
そうだよ。罷免された大臣は、昔なら打ち首
「任命責任を重く受け止める」と岸田さんは言っているが、どのように解釈する？
口先だけと解釈すれば腹は立たない
それはひどい
なにを言っているの。安倍さん、任命責任あると四九回も言っていた
そんなに！　岸田さんも気楽に構えればいい
国民も、モー聞き飽きているから
最近は、政治資金、統一教会、嘘ばかり
あの安倍さん、一一八回も、嘘を国会で言っている
そうだった。桜を見る会、未だに不思議なのは、領収書がない
細かなことを言うな
英国のジョンソンさんはパーティを開いた時に、一回嘘ついただけでやめさせられた

出版のご案内

株式会社かまくら春秋社

好評既刊

増補版 氷川丸ものがたり
伊藤玄二郎 ●1500円+税

今なお数多くの人に愛される「氷川丸」。八六年の数奇な船の航跡がよみがえる。アニメーション映画の原作・増補版。

谷垣禎一の興味津々
谷垣禎一 ●1800円+税

衆議院議員、谷垣禎一が実業家、小説家、学者など識者と対談。日本の行く末、家族のあり方などについて語り合う。

バカの壁のそのまた向こう
養老孟司 ●1400円+税

人は果たして利口になれるのか? 現代人と自然・環境との関係をテーマに綴られた、虫採り博士の最新エッセイ集。

コロンビアの素顔
寺澤辰麿 ●1800円+税

中南米のなかで、特筆すべき政治・経済・文化を有するコロンビアの真の姿を元駐コロンビア大使が紹介する。

ひとりでは生きられない
紫のつゆ草——ある女医の95年
養老静江 ●1400円+税

明治〜平成をドラマチックに、自由奔放に生き抜いた女医の生涯。養老孟司の母が綴る愛の自叙伝!

評伝 コナン ドイルの真実
河村幹夫 ●4500円+税

名探偵ホームズの生みの親、いくつもの顔を持つ多彩な人生の真実を徹底的に解明した渾身の一作。

日本は、「おもてなし」の国
納得できないが、それから「記憶にありません」もよく聞く
ほっとけ、バカな政治家は。だから、最近の子どもは
なんだって
授業で答えられない時は、「分かりません」ではなく「記憶に御座いません」と答える
ほんとかよ
だから、嘘つきばかりが国会議事堂に集まる
参るね。それにしても、最近はインフレが激しい
みんなワールド・カップで大騒ぎしているが、物価がどこまで上がるか心配だ
パンなんかもどんどん値段が上がる
インフレと言えば、ラテンアメリカも大変
ハイパーインフレで有名
喫茶店に入ってコーヒーを頼む
ラテンアメリカ人はコーヒーをよく飲む
コーヒーを飲み終わって店を出る時には、メニューの値段が書き換えられて、一〇％上がっている

一時間もしないうちに上がる。ゆっくりしてられない

そうだよ。だけどこんな話もある

なんだ？

ラテンアメリカのある国がハイパーインフレで大変

三〇〇〇％なんていうこともある

どうしたらよいか、閣議で皆考えた

真剣だ

どうしようもなくなると頑張る

日本は、どうしようもなくなってもボーッとしているけど

財務大臣が提案。やはり利口な方々がいるアメリカの専門家に聞いたらよいと思います

なるほど

大統領は、早速、財務大臣と中央銀行総裁と一緒にアメリカに行った

それで？

アメリカの専門家達からどうすればよいか聞きまくった

どうだったのかな？

彼らはたくさんのアドバイスを得て、これでわが国も大丈夫と喜んで帰った

良くなった?

それが、残念なことにその飛行機がお国に着く前に墜落してしまった

あれマ、経済立て直しができなくなった

それがだね、三か月後にその国の経済が急に回復

そうか、何もしない方がいいんだ

その通り

だけど、日本はどうすればよいの

お前、馬鹿か。ラテンアメリカに相談しに行けばいいの

よく理解できない

例の永田町の店で酒でも飲みながら教えてやる

高くつくなー

今回も楽しい、そして世の中の暗い話題を楽しませていただきました。
ひげジイの落ち着いた心は、おそらく『嘘八百、というから。まだまだだよ』と言いたいのでしょう。先般のサッカーW杯で、わずか一ミリのところでゴールが認められましたが、今の政権も。おそらく、この一ミリの線上をうろうろしているのでしょう。何とかなるさ！ではすまされない状況ですね。

第32話　カルロス、ブラジルがワールド・カップ敗戦を嘆き悲しむ

第七三回動画配信：二〇二二年十二月十三日
朝日新聞デジタル：東京都、一万九八〇〇人の感染確認、病床使用率は五〇％に

（はげマロ）カルロスくん、ワールド・カップ、ブラジルはクロアチアに負けて、残念

（カルロス）悔しくて

ブラジル国民みんなが悲しみにくれている。想像できる

監督代えろ、馬鹿たれ！　それに、アルゼンチンが勝っている。モー、不愉快

同じ南米だから応援しないの？

日本と韓国の関係と同じ

そうか、どんなふうにアルゼンチンが嫌いなの

お高くとまってブラジルを見下す。昔はアルゼンチンが栄えていたから

今や、ブラジルの方が大国だから気にしない

気にする

アルゼンチンのことは忘れて、ブラジル・サッカー天国の話をしよう

OK。ブラジル人はサッカーと女性が大好き

サッカーの試合中継のラジオ放送を聞きながら運転していたバスの運転手が、万歳して

そのバスはがけから落ちてしまった

それに、中継ラジオを聞きながら操縦していたパイロットが興奮して

燃料切れに気づかず、アマゾンに墜落した

ワールド・カップの時は大変だ

バス、タクシー、電車、飛行機などの乗り物に乗ってはいけない

みんな動かないから、町のそとには誰もいない

もちろん、国民全員が仕事しないで応援

ラテン人の応援もすごい。ＰＫをミスしたりしたら何というの、ブラジルでは

言えない

「罵詈雑言」を言わないの

なにそれ、バリゾウゴン。何か、新しい食べ物か?

ごめん、少し難しい言葉を使って

日本語難しい
口ぎたなくののしること
そうか。ブラジルは、凄いよ
どんなふうに
言えない
なんでだ？
下ネタ系の放送禁止用語だから
そうか
自国チーム、相手チーム、審判に相手構わず、女の人も子どももワメク
すごいな
子どもなんか意味が分からなくても大人に合わせて
サッカーなら何でもいいんだ
こんなジョークもある
どんな？
アントニオくん、手にした決勝戦の座席はスタンド最上部で、選手達は豆粒くらい
手に入れるのも大変だからね

前の方に空席が一つあるのが目に入って、アントニオくん、駆け下りて隣の男に、「その座席は空いていますか?」と訊いた

嬉しいね、空いてれば

「見ての通り座席の主は来ていない」と男は怖い顔で答えた

大丈夫かな

アントニオくんは「こんな良い座席なのに、来ない奴の気が知れないな」と毒づいた

不思議だ

すると、男は沈痛な顔をして答えた

なんだって?

「これは俺の家内の座席。一年前に予約したが、彼女は亡くなり一人で見に来たのだ」

そうだったんだ

アントニオくんは驚き、お悔やみを述べ、誰かご家族か友人で見たい人はいなかったのですか?

誰か、いそうだけど

少し間をおいて、男は沈痛な表情を見せながら、答えた

誰かいるよね

誰もいない。だって、今、みんな亡くなった家内の葬式に行っている……

ラテン人には付いて行けない

サッカーが好きなの、ラテン人は。それにしてもアルゼンチン野郎

また、始まった

くそったれ。モー嫌だ、嫌だ。カイピリーニャ、飲みに行こう

カルロス君がブラジル人三世だとは知りませんでした。今回のサッカーワールド・カップは驚く事が多いですね。日本チームも頑張りました。次回にブラジルと日本との対戦になったら、面白いですね！　あり得無い？　いや、世の中には、不可能は無いですよ！

第33話　ひげジイが中尾ミエと「団塊の世代」を斬る

第七六回動画配信：二〇二三年一月八日
朝日新聞デジタル：ロシア主張の「停戦」が期限、続く攻撃、ウクライナは「虚偽」と非難

（はげマロ）兄貴、二〇二三年が始まった
（ひげジイ）去年よりもっと悪くなりそうだ
そんなことを言うなよ
相変わらず、能天気、コロナ、ウクライナ、岸田、バイデン、考えただけで暗くなる
まー、そうだけど。一月五日の朝刊を見た？
新聞は読んでいるけど、なんだ？
全面の広告
オー、あの長い脚とハイヒール
それ、宝島社の宣伝
そうだった。中尾ミエの宣伝と思った

なんだ、それ
久しぶり興奮する写真だった
それだけか。広告のコピーは読まなかったの？
興奮しただけで、そんな文章あったっけ？
やんなってしまうな、読んでみるよ
中尾ミエを宜しくっていう宣伝文？　どうでもいいけど
出だしは「かつてこんなにも疎まれながら、たくましく生きてきた世代があっただろうか。
団塊は、他の世代にとって永遠のヒール＝悪役だ。」
団塊の世代、お前そうだな
団塊の世代の一期生だよ
靴底のヒールは悪役の意味もあるんだ、知らなかった
団塊の世代は悪役だっていうの
そりゃそうだ。一年に二六〇万人以上の子どもが生まれて、国は大変だった
そうかもしれないが、悪役はないだろう
たくましく生きてきたことは確かだ
学校でも会社でも競争が激しく、疲れる世代

ガツガツしているから、悪役だな。その続きは?

「彼らは年を重ねてなお、他人におもねることはしない。いまだに野心でギラギラしながら、高齢化という時代の主役を張っている。」

後期高齢者になって、自分勝手

そんなことないが

みんなギラギラしているから、お邪魔虫

そんな言い方すんなよ

次になんだって?

「団塊よ、どうか死ぬまで突っぱり、生き切ってくれ。他の世代を挑発し生きてくれ。」

オー、応援されているのか?

これからも突っ張って生きろって

やっぱり、悪役だ

広告コピーの最後の締めが、「表舞台から去るのはまだ早い。ナースコールの前にカーテンコールだ。あなたたちの生き様に嫉妬をこめて、盛大な拍手をおくらせてほしい。」

もうそろそろ、舞台から降りる準備をしろという事か

違うでしょ。表舞台から降りるなと言って、激励してくれている

悪役、悪い奴ほど長生きするっていうから
なんといわれても、団塊の世代は長生きして世の中のためになりましょう
中尾ミエの宣伝ではなく、そんなことを書いていたんだ
そうだ、この宝島社の二〇〇六年のメッセージは
そんなのもあったのか？
「日本はこれからも年齢を重ねていく。しかし老いとは違う何かが待っている気がする。かつてどの時代どの国でも起こっていないことを、団塊がしでかしてくれる気がする。」だった。
宝島社は団塊の世代の出版社とおもうが、お前、ともかく頑張ってくれ
そうしましょう
だけどよ、団塊の世代の同い年が二六〇万以上、二〇二二年は八〇万人以下
少子化の問題
どうすればよいか、団塊に考えられるわけないな、俺達戦中派が考えよう
さっきしたことを忘れる世代が、考える
酒飲むと知恵が出るの。さー、飲みに行こう
兄貴のおごりなら

ごちゃごちゃ言うな

確かに団塊の世代は、逞しく生きて頼もしいと思います。見習うこと多々あります。世界の人口が二〇五〇年には一〇〇億になるのに、日本の少子化は対策が急がれる。小池さんは岸田さんより数字を出して、うまくアピールしてますね。豊かで便利な生活は未来に負荷をかけてます。子孫に何を残せるか？　私達の課題ですね。私は二〇五〇年まで生きているのかな。

第34話　かず君「オレオレ詐欺」

第七八回動画配信：二〇二三年二月十一日
朝日新聞デジタル：地震発生一三〇時間、トルコで女児救出、日本の医師が無事確認

（はげマロ）かず君、久しぶりだね
（かず君）コロナだから
みんな元気ですか？
お父さん、スポーツ・ジム、お母さん、エステ・サロン、みんな大丈夫です
インフルエンザも気を付けないと
うん、お年寄りはどちらも気を付けないと
年取ると、体力がなくなるから
お爺さんは大丈夫？
人生、一〇〇年時代
そうだね、まだ二十年ある

頑張るよ
お父さんが言っていた、お爺さんは「しぶといから」
なんだ？
それを聞いていたお母さんが、百二十歳くらいまで大丈夫かも
オイオイ
そういって、二人が暗い顔でため息ついていた
そりゃないだろ
そうだよ。僕は、お爺さんは長生きして欲しい
ありがとう
なんたって、お小遣い
お金か？
お爺さん、最近、泥棒が多いね、心配だよ
大丈夫だよ、用心しているから
お父さんが、お爺さんは「俺はお金に心配していない」とみんなに言いふらしている
そんなことないよ
泥棒のお客様リストにお爺さんの名前が入っていると、お母さんが言っていた

そうか。最近、ものすごく電話がかかってくる
どんな？
還付金とか、要らないものを引き取るとか、シロアリ退治とか
それだよ
この前はカバンを盗まれたとか
みんな、オレオレ詐欺だよ
そうなのか
それって、どうやって受け答えしているの
かず君のお父さんが家の電話に録音機つけてくれたの知っているだろ
お母さんがうるさいから、お父さんが取り付けたんだ
ややこしいから、いやだと言ったら、ともかく電話に出る時には
あー、だから僕が電話すると、はい、これから録音しますと言うんだ
そうだよ。後で、録音を聞く楽しみがあるから
そうなんだ
録音しますと言うと、さっきのいろんなところの電話はすぐ切れる
だから、オレオレ詐欺にもあわない

この前、仲良しの友達から電話がかかってきた
やはり録音しますと言ったの?
俺の言う事、信用できぬのかと、すごく怒った
お友達だから、怒るかもね
おじいさんは言ってやったの、お前の声を聴くのも最後かもしれない
お年寄り同士だから
そしたら、友達が喜んで、一時間も話が弾んだ
お互いに暇だから
そうなんだ。かず君は忙しいと思うが
忙しいよ。お爺さんは、暇な時間がたくさんあるのに、頭の毛はない
確かに
僕は、毛はいっぱいあるのに、暇な時間はない
そうだね
人生、思うようにいかないね
大人みたいなことを言うね
これはお父さんが言っていたこと

あのやろー

何？

何でもない

僕、忙しいからこれで帰る

まだまだ時間はあるけど、また来なさい

今度は、なぜ、人間は戦争をするのか教えてください

分かった

かず君、久しぶり～お元気そうで良かった。マスクをしているお二人を拝見してクスッと笑ってしまいました。腹話術師はマスクしていたら楽勝！　ふふふ今後、マスクは個人の判断ではずしてよいようですが、お年寄りは怖いからはずせない、若い人は恥ずかしいからはずせない等々、今後どうなりますか……。要ウォッチです！　季節的に花粉症の方はしっかり着用しますね。私は化粧をしない時はマスクをすれば隠せるので便利、使い分けします。マスクをする本当の必要性を考えましょう！

第35話　カルロスが食料について語る

第七九回動画配信：二〇二三年二月二十六日
朝日新聞デジタル：G20に影落とし続けるロシアのウクライナ侵攻、また声明採択できず

（はげマロ）カルロス君、元気ですか？
（カルロス）日系三世ブラジル人のカルロスです。僕は日本が大変好きです
ありがとう。日本人もブラジルのことは好きです
サッカーだけでは
そうかもしれない
ブラジルのことを日本人はあまりよく知っていないです
ブラジルは遠いから
地球の反対側だけど、日本はブラジルからたくさんのものを買っています
特に、食べるもの
日本は、食料の四〇％を海外に依存しています

海外から食料が手当てできなくなると大変です
日本は、ブラジルからは、コーヒーは勿論だけど、鶏の肉も
そうだった。輸入先の一番はブラジル
トウモロコシと大豆はアメリカの次にブラジルから買っています
日本の鶏もブラジルのトウモロコシと大豆を食べて育っています
そうなんですよ。更にもっと、大事なこと
何ですか？
ブラジルは一九七〇年代までコーヒーと砂糖の生産だけで、多くの農産物は輸入に頼っていました
その後どうなったの
日本の援助で不毛のサバンナ地帯の開発がされました
サバンナの灌漑に、田中首相が日本の農業安全保障政策のために巨額の資金を出した
ブラジルの人は、ブラジルを農業大国にしてくれたことででも、日本のことを大事に思っています
もっと、日本の人に知って欲しい
そうです。ブラジル人のみんなが知っていることなので

今、ロシアとウクライナが戦争、ウクライナの農産品が輸出できなくなった
世界中が困っています。食料獲得の戦いが始まっていますが、食料生産を増やすのは大変です
農地を増やす、水の確保、肥料を増やす。どれも環境保全の問題がある
だから急に食料生産は増えないです
それに世界では八億人の人が飢えで苦しんでもいます
そんな中、ブラジルも大変なんです。肥料をロシアから買っているのに、手に入らない
あれまー、食料の生産が減ってしまう
鶏のエサが無くなるから、日本は焼き鳥を食べられなくなるよ
そんなことになるかな
日本の人は呑気です
そうかな
それに、日本はロシア、中国、北朝鮮のお隣です
国防の問題
北からミサイルが日本列島に飛んできています
気球も飛んできています

今は、幸せな日本ですが

そうか、日本は怖いか

そうです。日本人は呑気です。近い将来、大変なことになるかもしれないのに

そうか

ブラジル人も呑気な国民だから、日本人と似ていると言えます

そうなのか。なんだか変だ、少し違うと思うけど

アミーゴ同士です。これからも仲良くしましょう

カルロスさん、久しぶりです！

ブラジルに田中首相が大金をだした（日本の援助）こと知りませんでした。勉強不足……。失礼。鶏肉のブラジル産をスーパーで見かけます。購入したこともあります。美味しかったです。私もブラジル好きです。なんといってもブラジルの独立記念日九月七日は私の誕生日です。カルロスさん、覚えていてね！

第36話　ひげジイが「改ざん」を怒る

第八〇回動画配信：二〇二三年三月二十六日
朝日新聞デジタル：文化庁の京都庁舎公開、
首相「京都を中心に新たな文化振興を」

（はげマロ）兄貴、動画を撮り始めて八〇回

（ひげジイ）エージ・シュートだ、ゴルフで言えば

兄貴は、そういえば八十歳

傘寿《さんじゅ》、お祝いもらってないけど

この前、飲んだ時に気が滅入るから、そんなお祝い要らないと言っていた

そうだっけ

すぐ、忘れるんだ。この頃は物忘れが激しい

反論できないが、そろそろ動画を撮るの止めよう。キリがイイ

まだ応援してくれる方々がいる

お前、馬鹿か

なんだ
みんな、おべっかを言ってんの
そうかな。だけど兄貴、一〇〇回までは付き合ってくれよ
体がもたない
兄貴は元気だから大丈夫。朝鮮ニンジンが効いている
でも、最近は精神的なストレスで、もう先は短い
無神経な兄貴なのに、気が弱いね
ともかく、ストレス、不愉快な言葉であふれかえっている
何ですか
例えば、戦争、ミサイル、改ざん
そういえば、改ざん
袴田さんの事件
死刑の裁判のやり直し
一九六六年、五十六年も前の事件
大昔
それが検察の調書の改ざんの可能性がある

恐ろしい
それに村木さん
あの方、一六〇日も牢屋に入れられた
あれも改ざん
フロッピーディスクを改ざんして証拠隠滅
今度は総務省の書類
高市大臣が改ざんと言っている
自分が担当大臣の時の文書
省内の部下に改ざんされたと言ってる
高市大臣は記憶力が売り物で有名
総務省は真面目が売り物で有名
どうなってんのやら
まさに、魑魅魍魎
改ざんという言葉、漢字でどう書くか知っているか
改ざんの「竄」は難しい
穴とネズミが組み合わされている

そうだった
ネズミが巣の穴にかくれることを表している
書き換える
文書にこっそり文字を入れたり消しゴムで消したり
もっと激しいのは、その文書を捨てます
ひどいな、会社でそんなことをやったら
即刻、クビだ
改ざんと掛けて
なぞ掛けか?
そう、作ってみた。改ざんと掛けて、立ち小便と解く
その心は
隠れてする
ひどい作品だな
口直しに川柳
それもひどいのじゃないの
「改ざんは　表ではできぬ　立ちしょんも」

なんだ、それ
最近大変なの
なにが
トイレが近くて
加齢による前立腺肥大
こんな話をしていて、堪らなくなった。もれそうだ、帰るぞ
分かりました。もらされてもたまらない

👍
ひげジイは八十歳だったのですね。傘寿のお祝いをしないと……。人生一〇〇年時代、八十歳はまだまだ若いです。ひげジイのストレスと掛けて競歩の選手と解く、その心は？ どちらもかけてはいけない！（ストレスをかけない、競歩の選手は駆けない）ということでストレスをかけず、明るい八十代をお過ごしください。

第37話　ひげジイが坂本龍一氏の逝去を悼む

第八一回動画配信：二〇二三年四月十日
朝日新聞デジタル：尖閣や台湾周辺の軍事活動に「懸念」　四年ぶり、対面で日中海洋協議

（はげマロ）兄貴、元気ですか？
（ひげジイ）気分が乗らない
どうしましたか
みんな死んでしまう
年を取れば死ぬ
お前みたいな能天気
間違ってるか
大江健三郎さんも亡くなってしまった
八十八歳、老衰だった
一九九四年、川端康成の次の二人目のノーベル文学賞受賞者

立派な方、でも難しい文章だった

戦後民主主義を支持

国内外で積極的に発言

平和についても発言している

どんな？

大江健三郎さんはこんなふうに言っています

「日本は平和を守るために戦うとは決して言わなかった。軍備を持たない、戦争はしないと世界に言い続けた。平和という場所に立ち止まる態度だ。僕は尊重されるべき『消極的平和主義』だと考えている。」

なるほど

戦争はしないと言い続けていた

大事な考え

それから、坂本龍一さん

びっくりした、まだ七十一歳

病気との闘い

大変だった

世界的にも有名な曲を残し
『戦場のメリークリスマス』
まだまだいっぱいあるが、クラシック音楽がベースで、民族音楽、ポピュラー音楽
テクノポップ
大変な人だ、それだけじゃない
いろんな分野
環境や憲法に関する運動
そうだった
福島の災難
ウクライナ
積極的に活動していた
立派です
こんな言葉を残している
どんな?
坂本龍一さんの残した言葉を読むぞ
「戦争が起きてほしくない。戦争は、自国、敵国の差なく、ただ若い兵士と無辜《むこ》の民を傷

つけ殺す。なぜ戦争がなくならないのか。なぜ戦争を起こそうとする人間がいるのか。戦争で利益を得ることに倫理的に耐えられる人間がいるのか。今も世界のあちらこちらで子供の上に爆弾が落とされている。なぜ私たちは止められないのか。」

ウーム

こんな立派な方々が亡くなって、元気でいられるか

分かりますが

お二方に献杯しよう、歌舞伎町で

なんだか不謹慎だが

コロナがおさまって賑やかになっているようだから早く

まだ午後四時だよ

俺みたいのがたくさんいるから

分かった

戦争のない平和な世界を作る！

私もそう思います。大江健三郎さんのご子息（知的障がいを持っている）大江光さんの音楽は癒されますよ。

第38話　ひげジイが重装備で外出する

第八二回動画配信：二〇二三年四月二十六日
朝日新聞デジタル：悲しみ、無駄にしたくない　ＪＲ宝塚線脱線、十八年

（はげマロ）兄貴、今日は何という格好をしているの
（ひげジイ）外出する時のスタイルだ
何か重装備だね
ヘルメット
勇ましい
コルセット
これ、立派
膝宛て
三点セットか
そうだ、これで外出している

いったいどうしたの
この前、駅前でズッコケた
女の子を見て、よそ見していたんじゃない
そうじゃないの、ちょっとした段差があって
確かに、ちょっとした段差につまずくことある
年取ると多くなる
ズッコケて、どうした
ひっくり返ってオデコと膝小僧をぶつけた
それは大変
血も出て、起き上がれずもがいていた
誰か助けてくれたか？
誰も見向きもしない
冷たいね
つくづく思ったよ。この世の中、老人には見向きもしない
そうかな、兄貴はおっかない顔をしているから
うるさい、だから決めたの

重装備
ヘルメットは転んだ時以外でも役に立つ
確かに、上から物が落ちてきた時とか
風の強い時
それから、最近は爆弾も
ともかく頭を守る、それから腰
コルセット
脊椎管狭窄症、椎間板ヘルニア
確かに、腰への負担が半分になる。コルセットをすると
膝も大事
歩けなくなる、膝を痛めると
皆さん、筋肉は強くしましょう、自己防衛
散歩したり、体操したり
大事だよ、シルバー川柳、いくよ
急に話題変わるね
「スクワットし　しゃがんだまま　元に戻れず」

スクワットは足腰にいいが、無理してはいけません
「脆いのは　心だったが　今は骨」
若い頃は悩み多く心が崩れたが、今は骨が弱くなった
「つまずいた　昔博打で　今段差」
家の絨毯でも転ぶ。サプリメントも飲むといい
そんなもの飲むの止めな。こんな川柳はどうだ「どの薬　効いているのか　分からない」
マー、確かに
自分で守る自分のことは、日本の国も
最近物騒だけど、日本は大丈夫
お前、能天気だ、相変わらず
なんだ
「Jアラート　何処に逃げたら　ヨカンベー」　困ったなー
確かに
防衛省の前の飲み屋で飲みながら考えよう
いいけど、その格好でか
決まってる

参ったなー

👍

僕も転びまくってます。facebookに載せましたけど、日本に来る直前にマニラの風呂で転び脇腹強打でした。三週間経ってやっと痛みが取れました。と思ったら、日本の二週間滞在の時の激しい寒暖差で体調を崩しました。Jアラートになったら、ブラジルかフィリピンに逃げましょう。でも、タヌキがいる都庁が安全でしょう。

第39話　小百合ネーさんが夫に手こずる

第八三回動画配信：二〇二三年五月五日
朝日新聞デジタル：首相、石川の地震「さらなる注意を」　七日からの訪韓は状況見て判断

（はげマロ）小百合ネーさん、兄貴はどうしている
（小百合）いつものようにごろごろしているわよ
どこにも行かないの
あなたと飲みに行くだけ
永田町に時々飲みに行っているけど
コロナ外出禁止になって以来、いろんな集まりが中止になって
確かに二〇二〇年三月から
それから、大変よ
だけど、お互いに感染しなかったから良かった
もちろん、コロナの前からずっとウチは密閉・密集・密接は、全く縁がない

そうなの

三メートル以内にお互いに近寄ることも無いし

マスクはいらない

もちろん。それに、会話は「メシ、フロ、ネル」だけだから

兄貴の言う事と違うけど

あの人は、「外づら」は良いから

さっき、大変と言ったけど

それよ、大変なの

何が？

コロナが始まってから、毎日、毎日、朝、昼、晩の食事の用意

外食できないから

朝食が終わると、昼はなんだ、昼食が終わると、夜はなんだ

確かに大変ですね。何か、手を抜いては

もちろん、考えてますよ

どんな

コンビニの食材を、分からない様に、混ぜる

最近、コンビニの食材も美味しい
そうなのよ、だけど頭にくるの
なにが
コンビニの食材を混ぜた時の方が、美味しいと言うの
ネーさん、決して料理の腕前は
良くないと言うの
何とも言えないけど
兄弟してモゴモゴ言う。それから最近大変よ
まだあるの
昨日と一緒で今日もカレーライスかよ、なんて怒るの
連日なら、怒るよ
それが、一週間前にしか出していないの
なに、昨日、何、食べたか忘れている
これって、認知症かしら?
調べてもらった方がよいよ
まずい、食事して一時間もしないうちに「メシ食べたい」なんて言われたら、大変

いい病院あるから紹介する

お願い

国会議員がよく調べてもらう永田町にある病院

ありがとう

俺のことを、もー、忘れているかもしれないが、兄貴によろしく伝えて

小百合さんの登場でこれから新たな話題が増えそうですね。

私は今、月曜の夕食のみ担当していますが、週一ですら次は何を作ろうか？　と、頭を悩ませています。毎日三食作ってきたかみさんには頭が上がりません。自分で作り始めて大変さがよ～く分かりました。凄いことですよね。これから小百合さんの身近な話も楽しみにしています。

第40話　ひげジイが「憲法記念日」の意義を見直せと強硬発言

第八四回動画配信：二〇二三年五月十四日
朝日新聞デジタル：外国人も「特別扱いしない」　群馬・大泉、共生模索の三十五年

（はげマロ）兄貴、浮かぬ顔しているね
（ひげジイ）アー、この前の五月三日は
憲法記念日
いろいろ集会があったようだけど
ニュースで報道していた
去年は、特別番組があった
そうだった？
ＮＨＫは、憲法記念日特集をやった
思いだした
お前の生まれた年、一九四七年に定められた

そうだったか
それ以来、TVやラジオでいろんな議論をしてきた。特に記念日には
そうだね、最近までやっていた
それが、そんな番組もなくなった、今年は
ゴールデン・ウイークの賑わいの特集はどの局でもやっていた
観光客に、楽しいですか、なんて聞いて
あれは笑ってしまう。つまらないなんて言う回答は無いよ
あのな、亡くなった安倍さんが二〇〇六年には
安倍さん
安倍さんが改憲手続きを決めた「国民投票法」を成立させ
最後に退陣、憲法改正、志半ばで職を去るのは断腸の思いと言っていた
その跡を継いだ菅さん、改憲に意欲、国民の理解を深めていく
そう言っていた。岸田さんは、改憲、国民世論の喚起が必要だ
それなのに、五月三日に皆で議論をすることもない、変だよ
確かに、メディアは何考えているんだ
それに、日本はどうなっているのか

まだあるか
いっぱいあるけど、一九九五年阪神・淡路大震災の後、首都機能移転が盛り上がった
そんなことあった
翌年には「国会等の移転に関する法律」
いろいろ議論があった
石原都知事が一九九九年に国会で絶対反対と表明
そーだ、強硬だった
その後、審議会が長年続いたが、ムニュムニュになっている
議論は続いてるのか、知らなかったけど
二〇一一年三月十一日　東日本大震災の後は、首都機能移転ではなく分散化の議論に
リモートで会議もできるからか？
方針変更
そういえば、今年三月に京都に文化庁が移転した
二〇一四年に方針が決まってようやく実現
そのほかの機能移転はまだ
もうー、うやむやになっていく

そうか
日本は変だ
そうかな？
ミサイルが落ちるかもしれない
北から
どこにやって来るか分からない
「Jアラート」があるから
お前、あほか
あほではない
ジャー、馬鹿だ、憲法改正や首都機能移転、日本の問題を説明してやる
いいよ、カラオケでも行こう
永田町の飲み屋に行くぞ

意見をまとめるのが面倒そうなことは後回しにしているのが、一見平和な日本の政治家たち

なのでしょうね。スパイ防止法もない国家では、いいように外国からの侵略が進み、国民の危機意識を削ぐようにされているのではないかと、海外在住の日本人は心配しています。

第41話　ひげジイがなにやら小説を書いている

第八五回動画配信：二〇二三年六月十二日
朝日新聞デジタル：使用済み核燃料二〇〇トンを仏へ、関電社長、福井県知事に伝達

（はげマロ）兄貴、どうしている
（ひげジイ）忙しい
珍しいね
本を出版しようと思って原稿を書いてるの
どんな本
タイトルは「ある昭和男の物語」
自伝か、それじゃー、売れないいな
電通の友達に頼むから売れる
何か怪しいことして、捕まらない様にしたら
大丈夫、ぼろ出さないから

なにそれ？　それでどんな筋

若い頃、良い就職すると幸せになれると言うことを信じて、猛勉強

昭和男、食事する時間、トイレに行く時間も惜しんで

それで、東大に入り、霞が関

良かったね

お国のためと猛烈に仕事をした

猛烈サラリーマン、今じゃ考えられない

明け方にタクシーで帰る毎日

それが普通だった

そー、それに結婚して家庭を持って

仕事に熱中するので家族を顧みず

それでも、家族が路頭に迷わないように、頑張った

身を粉にして

それから、家庭では邪魔者になっているのにも気が付かず

猛烈オジサン、居場所がなくなっている

ようやく、定年退職

よく頑張った、サー、家族と一緒に旅行とか
それが、みんな、それぞれに自分の生活持っていて
付き合ってくれない
とたんに暇になって、何もすることなくなって
なんだか、その話、兄貴そのものじゃないか
ある昭和男の話
それで、そのあとのストーリーは
予期せぬことが起きた、その男に
そうなの、それで
あのな
もったいつけないで
発刊する前に筋を教えるやつがあるか？
ケチ
夏に発売しますから買って読んでください

辛辣な話題でしたが、霞が関の官庁がブラック企業化している事を常日頃より感じているのでそれなりに説得力のある内容だと思いました。小生の持論ですが、国会／国会議員がおかしいのが最大のネック。これでは優秀な人材は役所には集まらず、さらに多くの役人が役所から逃げてしまうという問題が起こっています。

第42話　小百合ネーさんがインフレに頭かかえる

第八六回動画配信：二〇二三年六月十九日
朝日新聞デジタル：米国務長官、五年ぶり訪中　首脳会談つなげる狙い

（はげマロ）小百合ネーサン、うかぬ顔していうね
（小百合）みんな、値段が上がって
インフレ
大変
タマゴなんかも
五月、ワンパック三〇〇円、二年前は二二〇円
四割も上がった
何とかならないの
私に言われても
旦那に、このインフレ、年金生活者の我々はどうすればよいのと聞いたの

兄貴、ひげジイ、なんって言ってた
「コスト削減」
会社みたいなことを言うね
なら、ゴルフを行く回数減らしてと言ったの
兄貴、ゴルフ好きだから
最近はブービー賞・荒し屋と言われて
下手の横好きなんだ
「俺からゴルフを取ってしまうとすることない」だって
ストレスがたまる
買っても読まずに積んでおく本を買わずに
兄貴、読書好きだから
図書館に行ったらと言ったの
確かに
そしたら、何と言ったと思う
なに？
「図書館は高齢者で溢れているから、行くの嫌だ」

分からないこともない
そうしたら、「お前こそ、無駄遣い、よけいな化粧をやめろ」
なるほど
「いくら塗ったって元に戻らない」だって
なるほど、なるほど
女は美しくあるべきなの
分かりますが
「女は美しくあるべきと、誰が決めた」だって
答えようがないな
それに、「ジムに行くの止めろ」
アネキは、ジム通いに熱心、毎日通っている
健康に生きたいのよ
確かに健康寿命を延ばすには体操は必要
「そこら辺の公園でやれ」って
金は掛からない
もー、会話が噛み合わない

大変ですね
ダメ親父、自作の川柳だって
どんな
「若い子の　化粧を真似ても　しわは消えず」
無駄な抵抗
兄弟でうるさいわね
申しわけない
頭にきたから言ってやったの、「私だけ　伴侶がいると　妻嘆く」
きついな
このところ、口きいていない
参ったな、二人に近づかないようにしよう。サヨナラ
何とかしてよ
サヨナラ
何よ、逃げるの

所得の伸びよりもはるかに高い物価の上昇率、お姉さんも不平を言いたくなりますよね。その結果、夫婦の不和にもなりかねません。そんな状況でも株価だけは上がり続けている異常、どうなっているのでしょうね。皆が揃って貧しいのなら我慢できますし受け入れられますが、格差が広がり続ける現在では不平不満が出ますね。時宜を得た公演内容で共感が多いと思います！

第43話　カルロスが日本は変だと理解に苦しんでいます

第八九回動画配信：二〇二三年八月十一日
朝日新聞デジタル：米、対中先端投資を規制
半導体・量子・AI、軍事転用防止

（はげマロ）カルロス君、元気
（カルロス）ブラジル並みに暑いけど、元気です
日本に慣れました？
はい。でも、日本は変わっています
変わっているブラジル人にそういうふうに言われるのは変です
ブラジル人は変わっていませんよ
カーニバルで裸踊りするとか
あれは、芸術です
アテアマニャン、また明日で、何でも予定通り進まない
堅苦しくなくて、良いのです

それで、何が変わっているの、日本は?
日本で、マイナンバーでもめている
そう、総背番号制を導入したが、健康保険や運転免許証もこれに統一される
何が問題なの、ブラジルでは昔から身分証明書があって、みんな背番号を持っています
日本では、自動車免許証が身分証明となっている
それに、ブラジルではCPF「納税者番号」があって
国民は税金を払わなくてはいけないから、分かりやすいね
そのCPF「納税者番号」で、銀行口座の開設、アパートの契約、スマホ購入や
まだあるの
いろんな公共サービスを受けられる
日本では未だに実印、ハンコなどが必要
近い内に、身分証明書と納税者番号が一体化する
確かにブラジルの方が進んでいますね
そうです
だけど、インプットミスなんかで問題起きないですか?
起きますけど、トラブルが多いので、トラブルの解決も早い

鷹揚だな。それに、そんなにしっかりしたシステムがあるのに、汚職があるのはなぜ？
それはですね、ここだけの話ですが、天才的な政治家とビジネスマンがいるんです
それは取り締まれないの？
ブラジルでは堅いことを言うと嫌われます
何か変ですね
もう一つ、日本は変わっている事があります
何？
日本の「国籍法」、自分の意志で外国の国籍を取得すると、日本の国籍を失う
何か変ですか？
日本の国籍を選んでも、ブラジルは国籍を離脱することができません
と言う事は、日本の国籍を選んでも、ブラジル国籍は残る
そういう事です
なるほど
日産の元社長カルロス・ゴーン、フランス、レバノン、ブラジルの三つの国籍持っている
何か悪いことをしようとしてではなく？
あのですね、世界の七割の国々は二重国籍を認めている

そうなんですか
二重国籍を犯罪やよからぬことをすることと日本人は誤解している
そうかな？
ノーベル物理学賞を受賞した中村・南部先生は成人後に米国籍を取ったので
日本国籍を持っていない
そういうことになるんです
日本の制度が、そういう事態を起こす
日本の「国籍法」は一八九九年、一〇〇年以上も前のルール
時代に即していないか？
そうです。その国が、外国人労働者を増やそうとしているんですよ
少子化だから
変な国です、日本は
なるほど
河野大臣が国籍の件でまともなことを言っている
変わっていると皆が言うあの政治家
まともです

分かりました。ブラジルのお酒、カイピリーニャでも飲みながら
どうしたらよいか相談しましょう、アテローゴ（またね）！

👍
今回の、話題は、日本学生海外移住連盟ＯＢ会に関係しております人間として関心があり、近い将来の少子化と労働人口減少の深刻な状況と合わせて、考えるに、『準備不足で拡大を急ぐマイナンバーの件よりも、移民拡大とそれにかかる国籍法の改定を急ぐべきで、これこそが、日本の将来の共生と多様化にとって最重要事項と考えております。米国でも、入試にかかる人種優先を廃止する最高裁の判決が出て、逆方向へ行くようなことが起こっておりますが、日本はもっと将来を考えて頭を働かせるべきと思います。』

第44話　ひげジイが新型コロナに感染しました

第九〇回動画配信：二〇二三年八月十五日
朝日新聞デジタル：きょう終戦七十八年

（はげマロ）兄貴、コロナに罹ったんだって
もう治ったのか？
（ひげジイ）そうよ、参った
七月二十二日に発症して、まだ微熱がある
大丈夫かな
もう少しの辛抱と思っている
それにしても、コロナに罹る奴はたるんでると言ってたよね
面目ない
どこでうつったのかな？
咳がめったやたらに出るようになって耳鼻咽喉科に行ったの
高齢者は咳が出る

話をしようとすると咳が出るんで
医者に診てもらわないとね、それは
医者は、鼻と喉に何やら棒を突っ込んで診たら
なんだった？
そー、覗いてみた医者がアレルギーですと言う
花粉症か？
そうかもしれないし、クーラーのせいかもしれないだって
理由は分からないが、アレルギーという診断だった
それで、何やら沢山薬を貰って帰って
どうした？
薬を飲み始めて三日後に三八度を超す熱が出た
大変だ
近くの内科に行ったら、熱があるから外で診断
病院に入れてくれない
炎天下で猛烈に暑い。医者がサービスだと水を持ってきてくれた
今年は猛暑だから

それに、蚊がいっぱいいるところで
それは大変
蚊取り線香を付けて、蚊に刺されながら検査して貰ったら
コロナに感染していた
がっくりした
それで
薬を貰って、三日で熱は微熱まで下がって
今に至ってる
だから、耳鼻咽喉科の病院でうつったと
そんなことあるか?
コロナかもしれないと、耳鼻咽喉科も疑ってくれてもいいじゃないか
確かにね
耳鼻咽喉科と内科の醜い争い、俺はその犠牲者
それはない、年寄りのヒガミだよ
医者は、コロナから肺炎で死ぬというコースが流行っていると脅すんだ
それは大変だ

俺、モー、医者を信用しない
みんな専門家
何で、俺の友達の医者の話
碌な友達が兄貴にはいない
医者は医者、高熱が出たと近所の人に真夜中に呼ばれ
主治医か？
診断して、薬を飲ませた
治ったか？
次の日にその患者は死んでしまった
誤診か？
家族が、藪医者だと怒った
それはそうだ
俺の友達、ムッと来て、熱を下げろと言うから
高熱の患者だから
見ろ、この通り熱を下げたと、言い返したんだって
そりゃないだろ

医者なんてそんなもん
兄貴は碌でもない友達を持っている
医者の言う事は信用しない方がよい。サー、酒でも飲んでコロナを忘れよう

👍
お兄さんはコロナに罹患されたのですね。小百合姉さんは大丈夫でしたか？　今日のお兄さんは、声も以前と変わらずお元気で良かったです。あとは帯状疱疹にかからないよう気を付けてください。おっしゃる通り、年を重ねるごとに病は治りにくくなりますね。

第45話　ひげジイが天気予報を斬る

第九三回動画配信：二〇二三年十月一日
朝日新聞デジタル：コロナ提言、データには限界、歴史の審判受けるしかない、対策の一線退いた尾身氏

（はげマロ）兄貴、おっかない顔しているね
（ひげジイ）最近、テレビは天気予報ばかり
天気がものすごく変わるからしょうがないのでは？
同じ予報ならいいが、TV局で予報が違う、どうなってんだ
俺を怒っても困ります。予報士ではないんだから
気象庁発表が疑われているのか？
一九九三年、気象業務法の改正によって気象予報士が生まれて
最近、TVでやたらに顔を出す方達
気象庁から提供される予測データを使って、民間の気象会社でも独自の天気予報が発表でき

るようになったのです
ということは、気象予報士の判断で違うのか
そういうこと
ならば、気象庁が的中率の高さでTV局にボーナス・罰金を与えたら
そうだと、みんな真剣になるな
だけど、俺は自分で予報を出している
どんなふうにして
昔からの判断
一　雲が西から東へ行く時は、天気は順調である
二　雲が北の方向や、東北へ動く時は天気は悪くなる。その雲が低く黒い雲であれば、また
　速ければ雨は近い
三　黒い雲が山いっぱいに低くかぶれば雨、うろこ雲、ひつじ雲は雨が近い
四　朝焼け朝虹は雨、朝の雷も悪天
五　夕焼けは晴れ、夕虹も晴れ
でも、最近は異常気象、そうはいかない
人間だって異常人間はいる

それはそうだけど、この頃のは、二酸化炭素の上昇による温暖化現象、CO_2ゼロ運動

世界中がそう言っているけど、ほんとかな

兄貴は違う意見を持っているの

この議論すると三日かかるからやめて、天気予報

分かった

あの猛暑日と言うのは響きが悪い

二〇一七年に作った造語

そうなの？

最高気温が三五℃以上になれば猛暑日、三〇℃以上三五℃未満であれば真夏日

猛暑、もっと違う言い方ないかな？

何かある？

極暑日

ごくしょ

極寒とも言うし、猛り狂うより響きがイイ

そうかな？

気象庁、もっと人間味のある言い方を考えて欲しい。それから線状降水帯

線状は戦いの戦場みたいで確かに響きが悪い
例えば、帯状ではどうかな
気象庁に検討してもらいましょう
それから「降水確率ゼロ%」でも、よく降られる
気象庁では「一ミリ以上の雨の降る確率が5%未満」と定義している
そうなの
一ミリの雨というのは、降った雨がどこにも流れ去らずにそのまま溜まった場合の水の深さが一ミリということ
ピンとこない
一ミリの雨ともなると、傘がないと歩くのがつらいくらいの本降りの雨
そうなの
ポツポツと降る雨や霧雨などは一ミリ未満であることが多く、それだと「降水確率」の降水にはカウントされない
そうなのか
だから、傘は持ち歩かないとダメ
それじゃ、気象予報はいらん、川柳を

何か作ったの
「ネットで　天気予報は　確認しな」
ＴＶ予測を信頼できないか？
もう一つ、「天気予報　間違っても　お咎めなし」
いろんなことを言う人が多くいるから、気象予報士の方々は大変です
ガンガン文句言うから、気象予報士の方々、気を付けて下さい

異常気象は本当に地球規模ですね。スペインも一週間前は秋に入ったかなと言っていたのに、十月に入った今日はアンダルシア等で摂氏三七～三八度の極暑が戻って来た由。また、N.Y.でも二～三日前に大雨による大規模な洪水があったようですね。さらに、北極・南極の氷もかなり溶け始めているとか。困ったものです。確かに「線状」より「帯状」に小生も賛成です。

第46話　小百合ネーさんが女とヤクザの違いを議論

第九四回動画配信：二〇二三年十月十五日
朝日新聞デジタル：ガザ市民、退避進まず
北部居住一一〇万人、完了は一部か

（はげマロ）小百合ネーさん、土屋賢二という作家を知っている？
（小百合）サー、知らないわ
『長生きは老化のもと』とか多くの本を出している七十九歳の自称・恐妻家の作家
なんだか胡散臭いわね
ものすごくためになる本をたくさん出しています
『紳士の言い逃れ』、『不良妻権』文藝春秋、『無理難題が多すぎる』、『年はとるな』、『不要不急の男』、『妻から哲学 ツチヤのオールタイム・ベスト』とか
図書館に行って読んでみる
その作家が、女性はヤクザと同じ部族に所属していると主張しています
何よ、それって

まず、すぐ群れる。群れないと何もできないと
確かに女性は何かというと皆で集まってガヤガヤする
ヤクザも一人の時は割とおとなしい
そうだわね
次が、自己中、わがまま
そうかしら、男だっていますす。少なくとも私はそうではないわよ
ヤクザの中でも世のために頑張っているのもいた、昔は
そうだったかしら
ヤクザ同士、女性同士の間に信頼関係なしとも。あるのは利害関係のみ
確かに、女は疑い深いかも
金での結びつき優先
夫が退職すると離婚、なんてあるわね
人を騙したり、利用したりすることに罪悪感なし
そんなことない、ひどいこと言うわね
私が言ってんじゃない、土屋さんが言ってるの
不愉快

当たっているからじゃない?
うるさいわね
権力者・金持ち・イケメンなどの強いものにこび
イケメンには弱い、確かに
貧乏人・ブサキモを見下す
そんなに意地悪じゃないわ、人は心
良いこと言うね
見損なわないで
金に汚い
汚いじゃなくて、厳しい
だからか、買い物で安いものを見つけるのが上手い
女の習性なの
でもすぐキレる
男が怒らせることをするからよ
ヤクザもキレやすくて怖いと
何よ、ヤクザと一緒にしないで

私が言ってんじゃない、土屋さんが言ってんの
あなたもそう思っているんでしょう
私は女性の味方、それから自分の非を認めないとも
ひどいわね
人のせいにしがちだったり
旦那の時は、そうする方が楽だもの
都合が悪くなるとすぐ逃げるとも
そうさせているのは男
逃げてほとぼりが覚めると何もなかったように帰ってくる
何か聞いているうちに気分が悪くなった
そうやって逃げる
うるさいわね、帰る！　あなたも、土屋某と同じ意見なのでしょう
あのー
はっきりしないわね
すぐ怒る
そういうの大っ嫌い、サヨナラ

👍小百合さんとのお話で女性が群れるのは納得ですが、あとは？　自己中でわがままじゃないし……人をだましたり、利用したりするのは詐欺をする人、すぐキレるのは女性よりオジサマが多く、最近はスーパー等で見かけます。女性とヤクザは一概に似ていないと思います。女より。

第47話　ひげジイの政治家の言葉談義

第九六回動画配信：二〇二三年十一月十三日
朝日新聞デジタル：神田財務副大臣が辞表を
提出、事実上の更迭　税金滞納めぐり

（はげマロ）兄貴、浮かぬ顔をしているね
（ひげジイ）お前は能天気だから良いなー
俺だっていろいろ悩むよ
俺、時間を持て余しているから、言葉ってなんだと考えてみた
人間だけが持っている最も重要なもの
その通り、言葉次第で世の中変わる
心に響く言葉がある
その響き方が違う、特に政治家の言葉
かなり言うだけ、あとは知らぬと言うのがある
お前良いこと言うね。そこだよ、例えば元首相の安倍さん

「アベノミクス三本の矢」と言っていた
「地方創生」「一億総活躍社会」
そんなこと言っていた
さらに「働き方改革」「全世代型社会保障」
響きいい言葉
これらが、どれだけ実現したか？
空しくなるね、思い返せば
あの方は、「ただスローガンを重ねるだけでは、社会を変えることはできない。具体的な政策なくして、そのスローガンを現実のものとすることはできない。具体的な政策を提案し、実行し、そして結果を出していく決意だ」と言っていた
決意倒れか
その後の前首相の菅さん
「私の趣味は安倍晋三」と言った方ね
あの方、先ずは「私はガースーです」なんて言っていた
そうだった。ウケようと思って
国会演説のキーワードは「安心と希望」

素晴らしい
こんなふうに言っていた、「どのような立場にあっても、正論を主張し、実現へ向けて行動を起こす。どんな状況でも信念を曲げず、意志を貫く政治家として、改革に取り組んでいきます」
改革は実現していない
コロナ感染が始まった時に
大変な時代ではあった
「仮定のことは話さない」と言ったので、国民がズッコケてしまった
大体、書いたものを読む首相だった
その後の、今の岸田文雄首相。異次元、新しい資本主義
聞く耳を持つ方で、大いに期待した
「検討をする」との言葉が多く出てくるので、遣唐使ならぬ”検討使“と言われている
そんなあだ名があるんだ
岸田語録は……
遺憾に思う
注視していく

最善を尽くす
慎重に見極める
毅然と対応する
遺漏なく取り組む
緊張感を持って対応する
警戒感を持って取り組む
あらゆる選択肢を排除しない
専門家の意見を伺いながら議論を続ける
なんだか空しく響くね
その通り。最近では「女性としての女性ならではの感性や共感力、こうしたものも十分発揮していただきながら、仕事をしていただくことを期待したい」と言ってたが
副大臣、政務官の計五四人の中に、女性議員はゼロ
こういうのが「言葉の垂れ流し」だと思うが
いろいろあって言った通りにいかないこともあるが
だから、我々も十分注意して政治家の言う事は聞かないといけない
確かに

川柳を作った「政治家は　いつのまにやら　三枚舌」
まずまずだな
言いたいこと言ったから少しすっきりしたよ

👍
久し振りのひげジイさん、「政治家の言葉の垂れ流し」、「政治家の三枚舌」等々ひげジイさんがスッキリすると言ってましたが、舌鋒鋭く、良いですね。

第48話　カルロスがブラジル人と日本人の違いをえぐる

第九七回動画配信：二〇二三年十一月二十六日
朝日新聞デジタル：ハマスが人質第三陣を解放

（はげマロ）カルロス君、ブラジル人と日本人を比べてみたい

（カルロス）どうして

日本の人にブラジル人をよく知ってもらうために

分かりました。私は日本人を良く知りたいから、やりましょう

どんなふうに違う？

まず、男が三人集まると、ブラジルはサッカーの話

確かに、サッカーからだね。日本人は野球かな

時間の感覚が違う

そうだ。日本は午後三時に会議が始まる時は、二時五十分にはほとんどの人が席についている

ブラジルでは、三時には半分くらいしかいない
ブラジル人は、時間感覚もないし、お喋り
気楽に生きているから。日本人はせっかち
確かに、外国の人より速足で歩くし、早く食事をする
日本人は我々より二倍以上のスピード。だけど、ブラジルはF1では速い
有名なアイルトン・セナ
それから、スピーチを、日本では原稿の棒読みが多いです
確かに、国会や予算委員会など、ほとんどの人が読むだけ
ブラジルでは、原稿なしで延々とスピーチ
立派だね
会議の内容も、ブラジルでは質疑応答は、多くの人が質問するので収拾が付かなくなる
日本は、質問はほとんど誰もしない
日本人は、会議が終わってから個別に質問する、変だよ
日本人はシャイだから、変な質問すると多くの人の前で恥ずかしいと思う
ブラジル人、そんなの気にしない。それから、日本人は居眠り、涎たらしたり、鼻提灯
会議になると、ついつい眠くなってしまう

日本人はブラジル人の三倍も居眠りする人がいるとの統計がある
そんなに
どうも、日本人は睡眠時間が短いからだそうだ
確かに。でも、これを日本人は直せないかも
会議中にいびきをかくのはやめて欲しいです
分かりました
それから、ブラジル人は仕事でいつも「できます」と言って、結局できなくて
どうするの
できなくなると、日本人に聞く
そこが違うね。日本人は「できますか?」と聞かれたら
すぐに答えない
日本人は、一晩考えますと答える
本社に聞くんだ
そうなんだよ
ブラジル人は、明日できること、今はしない
日本では、今すぐしないと気が済まない

それって、見栄っ張りだから?
人目を気にし過ぎのところがある
ブラジル人は、他人にどう思われても気にしない
そうなんだよね、そこも日本人と違うね
それから、ブラジルには勤勉という字は似合わない
確かに
まー、仕事より休暇を大事にする
だから、発展しない
でも、一生懸命働いても日本の成長は止まっている
そういわれると元も子もないか
日本人とブラジル人の良い所を組み合わせると良いね
そうだね、日本とブラジルはうまくやれるね

よく喋る、原稿無しで演説する、時間にゆるい、質問なのに質問ではなしに自分の意見を延々と開陳する、あるあるの話です。

第49話　小百合ネーさん「私の時代は暗かった」

第九八回動画配信：二〇二三年十二月三日
朝日新聞デジタル：岸田首相、裏金疑惑は
「党として対応」、岸田派では「聞いていない」

（はげマロ）最近、ジェンダーが話題に上る
（小百合）良いことだけど、日本語は？
「社会的、文化的な性差」と訳されている
体のつくりとは違う
ジェンダーとは、男性と女性は体のつくりは違っていますが、平等だと
その通りでしょう
つい最近まで平等だとは思われていなかった
料理は女性がするもの
私の子どもの頃はそう言われていた
仕事は男性がするもの

女は家庭を守る
「女らしさ」「男らしさ」と意識していた
こういった先入観から、ジェンダーの不平等は生まれました
早くそれを変えて欲しい
日本は遅れている
どのくらい
ジェンダー・ギャップ指数がある
聞いたことがある
男女格差を示す指標だが、二〇二二年、日本の順位は、一四四か国の中で一一四位
随分低い
日本は格差をなくそうと一生懸命になっている
私なんか、女の子が生まれた、何で男の子じゃなかったんだと、お父さんが嘆いた
そうだった、男子、優先
早く、会社に入っていい男を連れてこい
会社も女性をお茶くみとして使っていた
女性は結婚してすぐ退職するからといって、使い捨てだった

まー、そんな面もあった
結婚したら、飯炊き、子育て、全て女性
そうだった
今は違って、女性も男性も役割は一緒
言葉も変わった
たとえば「看護婦」「保母」「ＯＬ」などは「看護師」「保育士」「ビジネスパーソン」
随分変わった
二〇二〇年、ＪＡＬは機内アナウンスを従来の「ladies and gentlemen」
そう言ってた
「everyone（皆さま）」や「all passengers（乗客の皆さま）」に変更したの
差別していないという姿勢
学校では、「男の子ならブルーの服を、女の子ならピンクの服を」が「男の子も女の子も
好きな色を」
色だけじゃない
男女ともにスカート・スラックスの両方の制服が選択できる
日本では、賃金格差をなくす

同じ仕事をしても給与が違ってしまうのはおかしい
政治でも会社でも女性を活用
女性の大臣や役員の数を増やす
なかなか進まないけど
トイレも「女性用」を増やす
官庁が大慌てで増やしているみたいです
化粧品もおもちゃも、区別しないものを作る。マー、随分変わってきました
そうですね
私達年寄りは散々な目にあった、男女格差
そういわれても
あなた達は良い思いした
かたじけない
今度生まれてくる時も女にします
私もそうしましょう

ジェンダー問題に限らず「平等」に力が入りすぎな気がします。運動会の徒競走でも、「平等だから順位はつけない」でなく、「平等だけど走力は違う」「男女は身体が違うが平等」というより「男女は平等だが身体は違う」という感じかなあ。でもこんな事を言うと、叱られそうですね。

第50話　はげマロ・一座の新年のご挨拶

第一〇〇回動画配信：二〇二四年一月一日
朝日デジタル：安倍派「中抜き」裏金八〇〇〇万円か　派閥に納めず、下村氏約五〇〇〇万円
五年で十数人

（はげマロ）あけましておめでとうございます。一〇〇回を迎えました。これまでのご声援に心より御礼申し上げます。年初に当たり団員にも新しい年の抱負を述べてもらいますが、更に皆に一句を作ってもらい発表してもらいます。

まず始めに、かず君
あけましておめでとう
あなたの抱負は
とうふ?
食べる豆腐ではなくて、今年はこうしたいという事
発音が悪いから豆腐と聞こえた、決意だね

そうだよ

僕は「ありがとう」の気持ちを忘れないようにしたいと思っています

それは良いね

ありがとうの気持ちをもってご飯を食べて、勉強して、遊ぼうと思っています

その気持ちで頑張ってください。それでは一句お願いします。

「平和より　大切なこと　あるのかな」

その通りだね、みんなで平和を祈りましょう。ありがとう

ジャー、遊びに行くよ

次は、カルロス君

今、お餅を食べているところ

飲み込んで

フェリス　アニヨ　ノボ（あけましておめでとう）

おめでとうございます。あなたには一〇回出演してもらいました。ありがとう

どういたしまして。私の抱負は、お嫁さんを探したいと思っています

それは大事なことだね

この前、銀座でカッコいい女性がいたんで、声を掛けたんです

どうなった？
念のためにマスクを取って貰ったんです
最近、みんなマスクをしないといけないからね
ぼく、そこでチャオと言って逃げて帰ってきました
それは、それは
皆さん、良い人を見つけてください。お礼にブラジル旅行の切符を用意しています
皆さん、良い人を紹介してください。一句は？
「ブラジルは　ボサノバ　サンバ　カーニバル」
ブラジルの宣伝ですね
皆さん、ぜひブラジルに行ってみてください
次は小百合ネーさん
今、化粧をしているところ、ちょっと待って
適当にして、そんなに変わらないのだから
黙りなさい。あけましておめでとうございます
小百合ネーさんには、六回出演してもらいましたが、これからはもっと出てください
はい、今年の抱負は、旦那をほっておいて好き放題します

張り切ってるね
それから、一句。私と同じ名前の方をもじって
あー、吉永小百合さん
「あの小百合　どうして今も　きれいなの」
やっかみですか?
どうすればよいか聞いてみることにしてます
期待しています
これから、ボウリングに行きます
お元気ですね。腰を痛めないように
分かってる。うるさいわね
はい、はい。次はひげジイです
今、酒を飲もうとしていたところ
まず、挨拶を
明けましておめでとうございます
兄貴のは、七三回の出演、ありがとうございました
今年は楽にしてくれ

分かりました

抱負を言えばいいんだな。俺ね、ストレスを溜めないようにします

それは大事なことです

だから言いたいことを、妻以外の人にはバシバシ言うことにします

それは、今までと変わらないじゃないか

もっと激しく言うつもり、岸田首相を見習うよ

無責任も、適当にしてくださいネ

川柳

今年初めての川柳ですか

「あの世まで　また近づいた　お正月」

なんだそりゃ！

うるさい、新春の祝い酒、神楽坂に行こう

分かりました。皆様、これからも、時々、団員が一丸となって皆様に笑いをお届けしますのでよろしくお願い致します。また、今年の春には、これまでの動画の台本をまとめた本を出版する予定です。高い値段でお分けしますので覚悟しておいてください。

元日についに一〇〇回に到達ですね。おめでとうございます。一口に一〇〇回と言っても毎回テーマを考え団員に話をさせるのは大変なご努力が必要だと思います。お疲れ様でした。

第二部　寄せ書き

腹話術師のはげマロさまへ

落語家・漫画家
林家木久扇

腹話術でボランティアをして日本中に笑いと憩いをふりまいているはげマロこと、工藤章氏のことを知りビックリ、腹話術人形の神様ではないかと想いました。

現在、寄席の演し物には、演者がいないので腹話術はありませんが、以前には若き日の三遊亭金馬師匠、モノマネの小野栄一先生がやってらして、有名なのは、数体の人形を操ってラスベガス迄羽ばたいた〝いっこく堂師〟等がいらっしゃる。

それでは腹話術はすたれたのかというと、今日《こんにち》では〝F－1腹話術グランプリ〟というのがあり、最近では関西のニッシャン堂という人が日本一に輝き、何と六体の人形を操り、審査員のいっこく堂師が驚いたそう。

腹話術とは、大きめの人形を右側に持ち、人形の中に右手をさし入れ口を動かす芸で、芸人は唇を少し開けた状態で声を出して、人形と会話している一人漫才みたいなもの。説明すると簡単だが間合いと呼吸がむずかしいのです。

私も以前テレビ〝笑点〟の出題で、人形を一体渡されて面白い回答に苦心したことがありますから、腹話術の芸の大変さはよく判りますし、あの人形はけっこう重いのであります。

そんな芸を、笑いにつなげて〝はげマロ〟師は、学校、保育園、いろんな福祉施設をめぐっていらっしゃる。

人を笑わせることはむずかしいもので、私も六十三年落語家をやっていますが、シマッタ！　という失敗が多くて弱ったものです。〝はげマロ〟師はどんな台本を使っているのか、そのことにとても興味が有ります。

私はリウマチの痛みを笑いでおさえられるかという実験寄席に協力したことがあります。発案なさったのは故人になられましたが、日本医科大学リウマチ科教授、他を歴任なさった吉野槇一教授。一九九五年三月二十三日のことです。

日本医科大学附属病院の臨床講堂に、紅白の幕と金屛風をしつらえ、寄席囃子を流して寄席の雰囲気を出して、リウマチ患者（強度の）三〇名（女性）と、患者さんの健常者の御家族、附属病院の職員の方々にご来場いただき、大入りでした。

ただし、実験寄席ですので開演前、終演後に血液検査があり、両者を比較するという作業でありました。

吉野先生のねらいは、前座を含め高座六十分の内、患者さんをずーっと笑わして欲しい、ということでした。ただでさえ笑わせるはむずかしいのに、身体の痛い人を笑わせるのは真反対の事です。当日の私の心にムラムラとやってヤルぞ！　と意欲がわきました。

結果、落語で笑った心のゆさぶりで、悪玉インターロイキン6がへり患者はリウマチの痛みが軽度になり、健常者の血液検査の数値と並んで、笑いがリウマチの痛みをやわらげるとつきとめられて、私は吉野教授にお礼を言われました。

まさか、落語が医学のタメになるとは！　私もビックリした新発見でした。

吉野教授に教えていただきましたのは、有名な哲学者ニーチェの名言ということで、「人間だけがこの世で苦しむがゆえに、笑いを発明せざるをえなかった」と。

はげマロの工藤章氏も言っています。

「長生きの秘訣は笑いです」これこそ人生の極意ではないでしょうか！

この度の工藤章氏のご出版のお祝いに私の大好きな歌笑純情詩集「豚の夫婦」を贈ります。

豚の夫婦がノンビリと、畑で昼寝をしてたとサ、豚の父さん目をさまし、女房の豚に言ったとサ、「今見た夢は怖い夢、俺とお前が殺されて、トンカツで食われた夢を見た」。女房の豚が驚いて、寝ている処をみてみれば、キャベツ畑であったとサ。

腹話術の楽しみ

日本腹話術師協会代表
池田武志

二十六年前（一九九八）の七月、ラスベガスで開催されたバレンタイン・ボックス氏主催の「腹話術国際祭典」に妻と参加した。そのときの感動は今も私の脳裏を離れない。「この感動を仲間たちにも伝えたい！」と思い続け、やっと実現したのが三年後の二〇〇一年十一月。代々木のオリンピック青少年センターでの〝第一回、世界・腹話術の祭典〟開催だった。

腹話術は楽しい？

そう、見ているだけなら無条件で楽しい。シェアする場を提供することも楽しい。だが

「海外から腹話術師を日本に呼んで、果たして彼らは来てくれるだろうか？　日本の腹話術愛好者たちは？」「資金づくりに我が家の家計は耐えられるだろうか？」不安は募り、幾度も決意はくじけそうになった。しかし「あの感動を仲間たちと分かち合い、世界一流のパフォーマーたちの素晴らしい芸をぜひ紹介したい！」との思いが勝って実行に移した。

「武志の為なら都合をつけて行くよ」そう言ってくれたのはネイティブアメリカンインディアン腹話術師のバディ・ビッグマウンティン氏だった。以後、彼は協会主催一六回の祭典に一〇回も出席してくれた。その他米国、英国、フランス、ドイツ、インド、カナダ、イタリア、フィリピン等から一〇四名。日本各地から約五千余名の愛好者たちが出席してくれた。

腹話術の習得は楽しい？

ほとんどの腹話術師は、リップコントロールと人形操作の基本を学ぶと、腹話術のテクニックをほぼ習得したと感じているようだ。実際はそうではない。それでＯＫとする教師の下では、腹話術は楽しい……かもしれない。多くは、すべての基本テクニックを習得する前に諦めたり、自分の目的には十分だと感じたりする。これが、世界に一流の腹話術師が少ない理由でもある。日本のプロ腹話術師の数も、他の舞台芸術と比較して非常に少ない。アメリカでは、腹話術でもマジックでも、またその他の芸術・芸能の世界でも、常に新しいものが生み出されている。マスメディアもこれらをサポートしている。

日本の腹話術は楽しい?

日本はしがらみが多い。一流の指導者が少ない。自称プロが多い。専門学校がない。未熟な先生が多い。公演の場が少ない。批評家は多いが出演料は少ない……。米国でのＮＡＡＶ（北米腹話術師協会）は最も長く続いた腹話術組織だった。一九三六年頃フレッド・メーハーによって設立され、クリントン&アデリア・デトワイラーに引き継がれた通信教育で全米の腹話術人口を増やした。Maher Studiosのコースを通じて、故山本一男協会理事や、サポーター倶楽部エディの事務局長中本しゅう等も学んでくれた。果たして、我々が学ぼうとしている腹話術の日本の組織はうまくいっているだろうか?

あるＴＶ局系の芸能専門学校で教えていた時、「芸能人に……、稼げる芸人に……、有名に……」等の意識の学生が多く居た。「すべての芸術は、人の心を楽しませることが仕事だよ」と指導していた。人を押しのけ自分の欲を満足させるだけなら、虚しいですよ……と。

はげマロ・一座は楽しい?

政治や経済、世界情勢などややこしく難解なテーマを、いとも簡単に指摘し、笑い飛ばし、そして飲みに行く。未熟な面が多々あろうとも、ともかく一〇〇本のユーチューブを完成させたのだから痛快だ。登場する人形たちも徐々に個性化してきた。

二〇〇本を目指して引き続き楽しませてほしい。

笑いの医学的効用

順天堂大学大学院教授
堀江重郎

お笑いが好きで、運転する時は芸人のトークをよく聴いている。笑いを誘うのは芸人の意外な発想であることが多い。笑いにはニヤリとした笑い、ほほえましい時の微笑に腹を抱えて笑う哄笑（爆笑）がある。この哄笑には驚くことがまず前提となる。若い人ほど哄笑しやすいのは、意外と思うことが多いからであろう。お笑い番組に若い人ほど笑えなくなったというのも、感受性だけでなく、人生の経験からそれだけ意外に思わなくなったということかもしれない。

健康への笑いの効用を唱えたのは、ノーマン・カズンズ（一九一五〜九〇）であった。カズンズはニューヨークのジャーナリストで、一九六四年、ソ連で開かれた国際会議に出席して帰国後、強直性脊椎炎というリウマチに似た膠原病を発症し、強い痛みで身動きができなくなった。膠原病はからだの免疫反応が過剰になって自分の筋肉や骨の細胞を傷つける炎症を主体とする病気である。ステロイド治療のなかった当時、対症療法しかなく医師から回復の可能性が極めて少ないと告げられた時に、彼は落ち込むことなく、自然治癒力を高めることを考えた。何より気持ちを前向きにするには、ということで笑いに注目し、当時人気のマルクス兄弟ほかのコメディー番組のフィルムを映写機と共に病室に運び込んで朝から晩まで笑いまくった。すると大笑いすると痛みが何時間も治まり、また炎症を表す血液の数値も改善し、結局彼の膠原病は奇跡的にも治ってしまった。爾来カズンズは笑い療法の先駆者となっている。

笑うと脳内ホルモンであるエンドルフィンが増加し，痛みの原因となる炎症が抑えられる。また免疫力も高まる。エンドルフィンは、脳内で働く神経伝達物質のひとつで、モルヒネ同様に痛みを抑えたり多幸感をもたらす作用がある。テレビ大喜利の「笑点」が人気なのも面白いだけではなく、笑うと体調がよくなることを視聴者がわかっているからであろう。また笑うと顔面の口の周りの筋肉が収縮するが、作り笑いでこの筋肉の収縮をさせるだけでも、脳へ刺激が伝達するという研究もある。

私にも笑いが命を救ったのではないかと思える患者さんがいる。二十年ほど前、三十歳そこそこで膀胱のがんを発症した男性で、すでにがんは膀胱を突き破っておなかの中まで達していた。手術後も彼の血液の腫瘍マーカーは高く、どこかにがんが転移していると考えられたので創の回復をまって抗がん剤の治療を始めた。当時は抗がん剤治療を行っても、一時的には効果はあるものの、最終的に治癒することはないとされていた。ただしこの若者に、あなたの人生に限りがあるとはどうしても言えずにいたところ、カズンズの奇跡を思い出した。抗がん剤治療を始めるからと伝えた時に、「とにかく暇を惜しんで笑ってください」と伝え、笑えるビデオを沢山病室に持参することを促した。ある日ふと彼のベッドに赴くと、カーテンの中から笑い声がする。彼の様子を覗いてみると、ヘッドフォンをした彼がパソコンのビデオを見て真剣に笑っていた。ああ、笑うように言われたことを守って一生懸命笑ってくれていると思い、胸が熱くなった。腫瘍マーカーは一進一退し、彼と抗がん剤の闘いは数年にも及んだ。しかしいつしか腫瘍マーカーは治まり、彼はがんとの戦いに勝ち、ビジネスの最前線に復帰した。以来、抗がん剤治療を受けるすべての患者に「全力で笑ってください」とお願いしている。

何より哄笑は腹筋や横隔膜全体をストレッチし、笑いの効果が最も強い。ドリフの大爆笑は何歳になってもカンフル剤になってくれるはずである。

パペットのいろいろな機能

日本パペットセラピー学会名誉理事長
群馬大学名誉教授
原　美智子

工藤先生、腹話術の動画配信一〇〇回記念のご本の発刊おめでとうございます。動画画面に次々と登場する一座の愛すべきキャラクターの団員との対話の楽しさとその人形操作の巧妙さに感服しております。

私は障害児医療の研究の中で腹話術人形の治療的機能に魅せられて、二〇〇七年に日本パペットセラピー学会（ＪＰＴＡ）を創設し、研究者同士の情報交換と技術の向上を目指して活動しています。二〇二一年には工藤先生にも会員になっていただきました。海外の研究者との交流に期待しています。JPTAでは腹話術人形を「パペット」と呼びます。人形の口を切り裂いて動くようにし、さらにそこから声が聞こえるようにしたのは誰ですか？　大発明だといつも感心しています。

口が動いて話ができることにより、動物型パペットでさえ独立した人格を持つ存在となり、いろいろな機能が生まれます。術者と対話ができる事が一番のすばらしい機能でしょう。術者の独り言（モノローグ）がパペットとの対話（ダイアローグ）に変わります。しかもパペットの発話はMe and Not Me理論（しゃべっているのは私Meだが、わたしじゃないNot Me。パペットだよ！）により、それを操る術者の発言の安全性が保障されます。

被災地支援の場でも、子どもたちに配布したパペットに「地震怖かった！」「津波怖かった！」と口々に言わせて、子どもたちは自分のこころのつかえを互いに安全に吐き出すことができました。また幼い外見のパペットは安心感（非侵襲性と移行対象）と優越感（パペットは家来・守るべき存在）や連帯感（子ども同士）などをもたらす機能により、自閉症児の不安をとり除き対話を生みだします。また心理治療の現場でも大きな効果が得られます。親に抑圧されて緘黙と引きこもりで苦しむ女児は、心理士が弱々しい声で子羊のパペットを登場させると、突然威圧的な子どもに豹変し、命令口調で子羊を支配し、嬉々として何度も轢き殺してはまた生き返らせるなどして心理士とかかわる中ですっかり元気を取り戻し話ができるようになりました。

パペットはまた、統合失調症の青年には幻覚と妄想の長い闘病の日々を支える相棒になりました。言いにくいことも間接的にパペットに言わせることでストレスが軽減します。おとなにはできないオーバーな表現をパペットにさせれば子どもに喜びがよく伝わります。私はパペットの皮膚接触の機能に興味を持っていたので、ダニエラ・ハダシーさん（ＪＰＴＡ海外会員・シュナイダー小児病院パペットセラピスト）のパペットの手の工夫に大変驚きました。ダニエラさんは左手にパペットの手と同じ色の手袋をはめて、パペットの袖口に縫い付けてパペットの左手として子どもたちを優しく抱いたり、握手をします。

皮膚接触は心に届く根源的感覚であり、ある病理学者はこれを「愛覚」と呼んでいます。パペットが触れれば子どもに抵抗なく親しさが伝わります。時には「擽覚（くすぐり）」も使い笑いを誘います。最近増えつつある愛着障害の子どもたちにもパペットによる触覚刺激で愛を伝えます。私は現在も自閉症を中心とした障害児の医療現場におりますが、パペットは優秀な助手として子どもたちを励ましています。初めての場所（病院の建物）に入ることさえできない子どもをパペットが迎えに出ます。採血などつらい検査を励まします。どこの病院でも抵抗して一度も初診時の身体計測をさせなかった女児は、パペットが先に体重計に乗ると、自分もすんなり初めて体重計に乗ることができてママを驚かせました。

自分より幼いパペットの前ではお姉さんとして振るまえたのです。寡黙な小学生の女子は主治医の私には話さないのにパペットとは対話を続けることができ、さらに自分の得意な縄跳びをパペットに披露してくれました。もちろんパペットは何度ものけぞって驚き喜びました。診療の中で子どもを決して孤独にさせないことを心がけていますが、子どもの心を開くパペットの力にいつも驚かされます。医療・看護・心理のほか、教育・保育・福祉の現場でも同じような効果が得られています。また「セルフセラピー」として、助手席に乗せたパペットに自分を褒めてもらうことで帰路につく疲れた教師は一日の苦労が癒されています。

今、世界はトラウマの時代です。日本だけでなく世界中が様々な自然災害やコロナパンデミック、戦争、虐待、いじめ、根深い民族差別などでトラウマを受ける人が増えています。パペットはその現場に入って心を癒す力を持っています。セーブ・ザ・チルドレンのPFA(子どものための心理的応急処置)でも被災地で支援者は、はじめて子どもに接する際には、直接話しかけず、パペットを使って話しかけるように指導されています。

これからも支援を求めている場所へ頼もしいパペットと共に向かいたいと思います。

笑うこと

詩人
わたなべ みずき

この度は、ご出版おめでとうございます。工藤さんとは、私が高校三年生の時に初めてお会いしました。私が幼い頃から通っている、建長寺親と子の土曜朗読会の九〇〇回を記念する式典の際でした。私は自作の物語を朗読することになっていました。緊張している私に、ゆったりと「気楽にいきましょう」と声をかけてくださったのが工藤さんです。そのおおらかなお人柄にふれて、ほっと力がぬけたことをよく覚えています。工藤さんはそこで腹話術を披露されていました。楽屋での空気をそのまま纏った面持ちでお客様の前に立たれました。人形たちと可笑しなおしゃべりを始めると、心がほどけるようなあたたかさに会場が包まれました。子どもたちは食い入るようにはげマロ・一座のメンバーを夢中になって見つめ、笑っていました。多くの人の心に届いた一座の笑いが、こうして一冊の本として形となることをとても嬉しく思います。

私は現在大学一年生です。不登校の未然予防を目的とした子ども支援団体の活動に、学生スタッフとして参加しています。ある男の子とのはなしです。子どもと大学生とで一泊二日の冬キャンプをするイベントがありました。一日目の朝、キャンプ場の芝生広場に子どもたちが集まってきました。初めて会う子どもたち、みんなどことなくぎこちない表情をしています。班一〇人で輪になって、お互いの名前を覚えていくアイスブレイクをしました。私の隣にいたのがその男の子でした。お互いのことがよく分からないまま、隣にいるのに心が離れている感じがして、二人の間には落ち着かない空気がありました。その男の子が、ふと、仰向けに寝っ転がりました。どんな景色をみているのだろうと、私も真似をして寝っ転がりました。暖かい十二月の朝でした。空は冬の空気をたたえて青く広がり、厚着して汗ばんだ体を、芝生の下の冷たい土が心地よく冷やします。しばらくぼんやりと空を眺めたあと、お互いに顔を見合わせました。ああ、こんなやつが隣で寝ていたのかと、今更気づいたかのように、二人はからからと笑い始めました。みんなの空間から抜け出して、そこは二人だけの世界になりました。私たちは友だちになりました。

歴史上、人が初めて笑ったのはいつなのでしょうか。世界最古の人類、サヘラントロプスは笑っていたのでしょうか。鳥の飛ぶ様がへんてこで笑ったり、偶然声がそろったことに吹き出すことがあったのではないかと想像します。あの男の子と私の間に笑いが生まれたように、そして心がつながったように、厳しい気候環境に生活した猿人たちもまた、笑いによってつながり、仲間となって生き抜いていったのかもしれません。

笑いは、時に言語を超え、年齢を超え、関係を超え、人と人をつなぎます。笑いには、想像するよりも大きな力があるのだと思います。工藤さんが生みだす笑いが、これからも多くの人をつないでいくのでしょう。はげマロ・一座がどんな楽しいことを成していくのか、とてもわくわくしています。

装幀／中村 聡
カバー・本文イラスト／吉野晃希男

台本の作成には、次の記事や原稿を参考にいたしました。

朝日新聞
毎日新聞
読売新聞
土屋賢二 文藝春秋刊
早坂 隆 中公新書ラクレ

あとがき

二〇二四年辰年は一月一日に能登半島地震、一月二日にはＪＡＬ羽田空港での航空機衝突事故で始まりました。この「あとがき」はそのような暗い事態の中で書き始めましたが、ふと、七十年も前のＮＨＫ『私の秘密』でアナウンサー・高橋圭三氏が番組の始めに切り出した、「事実は小説より奇なりと申しまして」というセリフを思い出しました。

この「本」を作るきっかけとなった腹話術との出会いは、奇遇そのものでした。それは、「前口上」で紹介しました通りですが、そもそも商社が不出来な小生を受け入れ、最初の海外勤務としてチリのアタカマ砂漠に送り込み、その後、スペイン語の専門家ではないにもかかわらず、ラテンアメリカ・スペシャリストとして起用し、通算二十二年の間、南米に駐在させたこと、退職後も日本とラテンアメリカとの関係強化の仕事を続けていること、まさに「奇怪」と言わざるを得ません。

更に、二〇二〇年に始まったコロナ禍が無ければ、ユーチューブに動画を載せることはなかったでしょう。これらの思いもよらぬ歩みを経てできあがる本書に、感慨深いものがあります。この場をお借りしてはげマロ・一座の公演、そして、この度の出版にご協力を頂いた方々に、厚く御礼申し上げます。

特に、腹話術の師匠である池田武志・しゅうご夫妻と、出版のみならず大学教育の現場にも立たせて頂いた伊藤玄二郎さんには、心から感謝を申し上げます。

併せて、カバー・本文の挿絵など本書のために多くの絵を提供して下さった吉野晃希男画伯にも、御礼申し上げます。

最後に、これまで過酷な海外での生活を含むサラリーマン時代に苦楽を共にし、コロナ禍の中ですべての動画内容を確認してくれた妻智子に本書を捧げることと致します。

あとがきのあとがき
ノンスマイル・KUDO

本書・編集発行人　伊藤玄二郎

人には様々な人生があることは承知していますが、それにしても工藤章さんの第二の人生は驚きです。

最初にお目に掛かった工藤さんは、まだバリバリの現役の商社マンでした。『中南米が日本を追い抜く日 三菱商事駐在員の目』（朝日新書・二〇一八年六月三十日発行）というお堅い本を世に出しました。ボクが企画したブラジルでの出版プロジェクトを旧知の三菱商事副社長・古川洽次さんに相談したところ、紹介されたのが工藤章さんです。

どちらかといえば無愛想。とても後に腹話術の道に進むなどとは微塵にも感じませんでした。仕事は迅速で正確。工藤さんのお蔭で出版プロジェクトは大成功でした。

その後、少しの時を経て、ボクが教鞭をとっていた関東学院大学、星槎大学で「比較文化論」の講義をお願いする機会がありました。この講座は言ってみれば、工藤さんにとっては本業の続きみたいなものです。中南米の今を分かりやすく学生に語ってもらいました。多くの学生から質問の手があがり好評の講座でした。

さて本書についてです。公演の百話はかなり辛辣です。昔は〝シャレ〟で通じた台詞も今は差別と言われかねません。申し訳なくも工藤さんにマイルドに改めていただき、五〇話を選びました。はげマロ・一座の座長の脚本は読みごたえがあります。一座の人形が休演したとしても読んだだけでも十分、面白いのは請け合いです。

本書の出版間際に工藤さんの知己である東洋文庫の杉浦康之さんから連絡がありました。杉浦さんの同僚の話によれば、腹話術は「芸能としての日本への伝来は、明治三十九（一九〇六）年以降『肚言術《とげんじゅつ》』として始まったそうですが、どうやら、それ以前に紀州藩の名取流忍術の『音聲忍《おんじょうにん》』という『古法十忍《こほうじゅうにん》』の第一番目に挙げられる『術』という事だそうです（『山彦《ヤマビコ》の術』という人もいるようですが）……。」と資料が添付してありました。

今回は紙幅の関係でその内容について紹介できませんが、工藤さんには、次に「腹話術」の学術的な側面についての取り組みを期待しているところです。

工藤 章　芸名：はげマロ

1947年（昭和22年）3月10日生まれ。所沢市松が丘に在住。

1969年（昭和44年）三菱商事入社（主に、中南米でのビジネスに従事。チリ、ベネズエラ、ブラジルに通算22年駐在）。

2012年（平成24年）三菱商事退職。ラテンアメリカ協会専務理事。

青山学院大学、浜松学院大学、横浜商科大学等で非常勤講師。

中南米との友好親善に寄与した功績により2018年7月24日、外務大臣賞を受賞。

著書に朝日新書『中南米が日本を追い抜く日』。

2020年4月から配信した「ユーチューブ腹話術」は、2024年1月で100回を達成。

笑いは命の格安サプリメント
はげマロ・一座の腹話術

著者　工藤 章
発行者　伊藤玄二郎
発行所　かまくら春秋社
鎌倉市小町二―一四―七
電話〇四六七(二五)二八六四
印刷所　ケイアール
令和六年六月二十一日発行

ISBN978-4-7740-0902-5 C0095